MARIO BENEDETTI

El porvenir de mi pasado

punto de lectura

Título: El porvenir de mi pasado

Torrelaguna, 60. 28043 Madrid (España) www.puntodelectura.com

ISBN: 84-663-0940-3
Depósito legal: B-4.817-2006
Impreso en España – Printed in Spain

Diseño de cubierta: Pdl
Fotografía de cubierta: © Raymon Forbes / Contacto
Diseño de colección: Punto de Lectura

Impreso por Litografía Rosés, S.A.

11 / 1

MARIO BENEDETTI

El porvenir de mi pasado

A Beto Oreggioni,
in memoriam

¿Cuál será el porvenir de mi pasado?
JOSÉ EMILIO PACHECO

Nota previa

Los textos incluidos en este volumen (salvo «Niñoquepiensa», que es de 1956) fueron escritos entre los años 2000 y 2003.

Tanto los cuentos como los poemas que preceden a algunas de las secciones son inéditos, con sólo tres excepciones: «Utopías», que apareció en el semanario *Brecha*, de Montevideo, y «Echar las cartas», publicado por la *Revista de Humanidades*, de Madrid, y por último «Túnel en duermevela», que desde su origen integró este volumen, pero fue asimismo incorporado al tomo de poemas *Insomnios y duermevelas*, de 2002.

En cuanto a «Niñoquepiensa», escrito en 1956, si bien fue publicado en 1961 con otras crónicas humorísticas, nunca fue incorporado a los libros de cuentos. No obstante tuvo mucha difusión, ya que desde hace casi cincuenta años viene siendo presentado como monólogo en una versión desopilante del actor Alberto Sobrino.

M. B.

El porvenir de mi pasado

Eso fui. Una suerte de botella echada al mar. Botella sin mensaje. Menos nada. Nada menos. O tal vez una primavera que avanzaba a destiempo. O un suplicante desde el Más Acá. Ateo de aburridos sermones y supuestos martirios.

Eso fui y muchas cosas más. Un niño que se prometía amaneceres con torres de sol. Y aunque el cielo viniera encapotado, seguía mirando hacia adelante, hacia después, a renglón seguido. Eso fui, ya menos niño, esperando la cita reveladora, el parto de las nuevas imágenes, las flechas que transcurren y se pierden, más bien se borran en lo que vendrá. Luego la adolescencia convulsiva, burbuja de esperanzas, hiedra trepadora que quisiera alcanzar la cresta y aún no puede, viento que nos lleva desnudos desde el suelo y quién sabe hasta (y hacia) dónde.

Eso fui. Trabajé como una mula, pero solamente allí, en eso que era presente y desapareció como un despegue, convirtiéndose mágicamente en huella. Aprendí definitivamente los colores, me adueñé del insomnio, lo llené de memoria y puse amor en cada parpadeo.

Eso fui en los umbrales del futuro, inventándolo todo, lustrando los deseos, creyendo que servían, y claro que servían, y me puse a soñar lo que se sueña cuando el olor a lluvia nos limpia la conciencia.

Eso fui, castigado y sin clemencia, laureado y sin excusas, de peor a mejor y viceversa. Desierto sin oasis. Albufera.

Y pensar que todo estaba allí, lo que vendría, lo que se negaba a concurrir, los angustiosos lapsos de la espera, el desengaño en cuotas, la alegría ficticia, el regocijo a prueba, lo que iba a ser verdad, la riqueza virtual de mi pretérito.

Resumiendo: el porvenir de mi pasado tiene mucho a gozar, a sufrir, a corregir, a mejorar, a olvidar, a descifrar, y sobre todo a guardarlo en el alma como reducto de última confianza.

El gran quizás

Me voy en busca del gran quizás
(últimas palabras pronunciadas
por Rabelais, antes de morir)

Viudeces

1

Eugenia, Iris, Lucía y Nieves eran amigas desde Primaria. Salvo cuando alguna estaba de viaje, se reunían cada dos viernes para intercambiar chismes y nostalgias. Las cuatro estaban casadas, pero no tenían hijos. Gracias a las lucrativas profesiones de sus maridos (un abogado, dos contadores, un arquitecto), gozaban de un buen nivel de vida y lo aprovechaban para manejarse en un plausible estrato cultural.

Fue en uno de esos viernes que Iris aguardó a sus amigas con un planteo original.

—¿Saben qué estuve pensando? Que nuestros queridos maridos nos llevan algunos años, así que lo más probable es que se mueran antes que nosotras. Ojalá que no, pero es bastante probable. Mientras tanto ¿qué podemos hacer? Pensando y pensando, de insomnio en insomnio, llegué a la conclusión de que en ese caso infortunado, nosotras, cuatro viudas todavía presentables, podríamos alquilar (o adquirir) una casa bien confortable, con un dormitorio para cada una, con una sola mucama y una sola cocinera (¿para qué más?). Y un solo automóvil, a financiar colectivamente. ¿Qué les parece? Ya hablé con el Flaco y me dio su visto bueno.

Las otras tres se miraron casi estupefactas, pero al cabo de una media hora esbozaron una sonrisa no exenta de esperanza.

2

Seis meses después de ese viernes tan peculiar, una de las cuatro, la pelirroja Lucía, sucumbió como consecuencia de un infarto totalmente inesperado. Para las otras tres fue un golpe sobrecogedor, algo así como si la infancia se les hubiera quebrado para siempre. También a Edmundo, el viudo de Lucía, le costó sobreponerse.

Sin embargo no había pasado un año desde aquella desgracia, cuando citó a su hogar de viudo a los otros tres maridos y les expuso su planteo:

—¿Saben qué estuve pensando? Que así como yo quedé viudo, eso también les puede ocurrir a ustedes. No es un pronóstico, entiéndanme bien, es sólo una posibilidad, un juego del azar. Y si eso ocurriera ¿qué harían? Pensando y pensando llegué a la conclusión de que en ese triste caso, nosotros, cuatro viudos con cierto margen de supervivencia, podríamos alquilar (o comprar) una casa bien cómoda, con cuatro dormitorios independientes, con una mucama, una cocinera y un solo coche de segunda mano pero en buen estado, que usaríamos y financiaríamos entre los cuatro. ¿Qué les parece?

Los otros tres quedaron con la boca abierta. Al fin uno estornudó, otro bostezó y el tercero se pellizcó una oreja. De pronto, y sin que ninguno lo advirtiera, en las tres miradas de hombres mayores, algo cansados, nació una expectativa.

Mellizos

[illegible]

[illegible] Se repetían [illegible] cada uno es [illegible]

[illegible]

[illegible]

Cuando [illegible]

Mellizos

Leandro y Vicente Acuña eran gemelos, tan pero tan iguales que ni siquiera los padres eran capaces de diferenciarlos. No era raro que uno de los dos cometiera un desaguisado y la bofetada correctiva la recibiera el otro. En la etapa estudiantil todas fueron ventajas. Se repartían cuidadosamente las materias. Si eran ocho, cada uno estudiaba cuatro y rendía dos veces el mismo examen, una como Leandro y otra como Vicente. Para ese par de aprovechados la sinonimia orgánica constituía normalmente una diversión, y cuando se encontraban a solas repasaban, a carcajada limpia, las erratas de la jornada.

Leandro era un centímetro más alto que Vicente, pero nadie andaba con un metro para comprobarlo. Por añadidura, ambos usaban boinas, una verde y otra azul, pero se las intercambiaban sin el menor escrúpulo.

El problema sobrevino cuando conocieron a las hermanas Brunet: Claudia y Mariana, también mellizas gemelas y turbadoramente idénticas. Como era previsible, los Acuña se enamoraron de las Brunet y viceversa. Dos a dos, seguro, pero quién de quién.

Claudia creyó prendarse de Leandro, pero su primer beso apasionado lo recibió Vicente. Ese error también originó el conflicto interno entre los Acuña, y no fue totalmente resuelto con el recurso del humor.

En otra ocasión, Vicente fue al cine con Mariana. Cuando la película llegó a su fin y se encendieron las luces, ella contempló el brazo desnudo del mellizo de turno, y dijo, con un poco de asombro y otro poco de sorna: «Ayer no tenías ese lunar».

El desenlace de aquellas semejanzas encadenadas fue más bien sorpresivo. Una tarde en que Claudia viajaba en un taxi junto a su padre, al chofer le vino un repentino desmayo y el coche se estrelló contra un muro. El chofer y el padre quedaron malheridos pero sobrevivieron. Claudia, en cambio, murió en el acto.

En el concurrido velatorio, Leandro y Vicente se abrazaron con una llorosa y angustiada Mariana. De pronto ella puso distancia con el doble abrazo, y se dirigió, con paso inseguro, a la habitación donde yacía el cuerpo de la pobre Claudia. Los mellizos se mantuvieron, en respetuoso silencio, simplemente como dos más en el grupo de dolientes.

Pasados unos minutos, reapareció Mariana. Con una servilleta, suplente de pañuelo, enjugó su última edición de lágrimas. Los mellizos la miraron inquisidoramente, como preguntándole: «Y ahora ¿con quién?».

Ella entonces englobó a ambos con una declaración que era sentencia irrevocable: «Espero que comprendan que ahora sólo soy la mitad de mí misma. Gracias por haber venido. Ahora váyanse. No quiero verlos nunca más».

Se fueron, claro, cabizbajos y taciturnos. Horas más tarde, ya en su casa, Leandro tomó la palabra:

«Hermanito, creo que se acabó nuestro doblaje. De ahora en adelante, tenemos que diferenciarnos. Digamos que yo me tiño de rubio y vos te dejás la barba. ¿Qué te parece?».

Vicente asintió, con gesto grave, y sólo tuvo ánimo para comentar: «Está bien. Está bien. Pero te sugiero que mañana vayamos al fotógrafo para que nos tome nuestra última imagen de mellizos».

¿Quién mató a la viuda?

La prensa le había dado al crimen una cobertura destacadísima, casi escandalosa. El hecho de que la señora de Umpiérrez (argentina, natural de Córdoba) fuera una viuda de primera clase y que además formara parte de lo que en el Río de la Plata se suele nombrar como Patria Financiera, conmovió a las variadas capas sociales (argentinas, uruguayas) de Punta del Este.

El cadáver no había aparecido en su lujosa mansión, rodeada de césped cuidadísimo, sino encadenado a la popa de uno de los yates que en verano ocupan y decoran los muelles del puerto.

Ya habían pasado quince días de eso que los periodistas llamaron, como siempre, «macabro hallazgo». La policía había seguido numerosas pistas sin el menor resultado. En las comisarías y en las redacciones de Maldonado, Punta del Este y Montevideo se recibían a diario llamadas anónimas que proporcionaban datos siempre falsos. En casos como éste los bromistas cavernosos se reproducen como hongos.

Por fin llegó de Buenos Aires un tal Gonzalo Aguilar, famoso detective privado, a quien la acongojada familia Umpiérrez había encomendado la investigación y la eventual solución del caso.

Tras dos semanas de agotadores registros, gestiones, entrevistas, búsquedas, análisis, indagatorias y conjeturas, los periodistas presionaron a Gonzalo Aguilar para que concediera una conferencia de prensa. La reunión tuvo lugar en un amplio salón del hotel más lujoso del balneario.

El implacable bombardeo de los cronistas no turbó al detective, que siempre acompañaba sus ambiguas respuestas con una sonrisa socarrona.

Después de dos horas de áspero diálogo, un periodista porteño, más agresivo que los demás, dejó caer un comentario que era casi un juicio:

—Le confieso que me parece decepcionante que un investigador de su talla no haya llegado a ninguna conclusión acerca de quién cometió el crimen.

—¿Quién le ha dicho eso?

—¿Acaso usted sabe quién es el asesino?

—Claro que lo sé. A esta altura, ignorarlo significaría un fracaso que mi reputación profesional no puede permitirse.

—¿Entonces?

—Entonces, tome nota, muchacho. El asesino soy yo.

El detective abrió su portafolio y extrajo del mismo un revólver de lujo. Casi instintivamente, la masa de periodistas se contrajo en un espasmo de miedo.

—No se asusten, muchachos. Esta preciosa arma la compré en Zúrich, hace diez años. Fue con ella que maté a la pobre señora, después de un breve pero inquietante recorrido a bordo de su yate *Neptunia.* Me permitirán que, por lógica reserva profesional, me reserve los motivos de mi agresión. No quiero manchar su memoria ni la mía. Y bien: mi orgullo no puede permitir que otro colega, y menos si es un compatriota, descubra quién fue el autor de esa muerte tan misteriosa. Ah, pero además, como siempre me ha gustado que el culpable sufra su castigo, he decidido hacer justicia conmigo mismo. O sea que tienen un buen tema para primera página. Por favor, no se asusten con el disparo. Y un pedido casi póstumo: que alguno de ustedes se preocupe de que este hermoso revólver acompañe a mis cenizas.

[illegible]

[illegible] que entonces se hace [illegible] sueño [illegible] caracteres, [illegible] expresión más [illegible] en ambos [illegible] y [illegible] fundamental [illegible].

En el primero de esos sueños [illegible] claramente [illegible] y [illegible]. No recuerdo bien [illegible], como [illegible] de [illegible] es pertinente [illegible].

En el segundo [illegible] una señora [illegible].

En el tercero, como ya estaba contado, leyendo a [illegible], en un banco de la plaza Cataluña, y allí se acerca [illegible] acompañante [illegible] a conocer [illegible] modos que había [illegible] por el [illegible] para

Cinco sueños

En total, soñé cinco veces con Edmundo Belmonte, un tipo esmirriado, cuarentón, con expresión más bien siniestra, malquerido en todos los ambientes y tema obligado de conversación en las mesas de funcionarios o de periodistas.

En el primero de esos sueños, Belmonte discutía larga y encarnizadamente conmigo. No recuerdo bien cuál era el tema, pero sí que él me repetía, como un sonsonete: «Usted es un atrevido, un inventor de delitos ajenos», y a veces agregaba: «Me acusa y es perfectamente consciente de que todo es mentira». Yo le mostraba los documentos más comprometedores y él me los arrebataba y los rompía. Era en medio de ese desastre que yo despertaba.

En el segundo sueño ya me tuteaba y sonreía con ironía. Sus sarcasmos se basaban en mis canas prematuras. Generalmente, la broma explotaba en una sonora carcajada final, que por supuesto me despertaba.

En el tercer sueño yo estaba sentado, leyendo a Svevo, en un banco de la plaza Cagancha, y él se acercaba, se acomodaba a mi lado y empezaba a contarme los intrincados motivos que había tenido, allá por el 95, para herir de muerte a un comentarista de fútbol. Lógicamente, yo le preguntaba cómo era que ahora andaba tan campante, señor de la calle, y él volvía a sonreír con ironía: «¿Querés que te cuente el secreto?», pero fue precisamente en esa pausa que me desperté.

En el cuarto sueño me contaba con lujo de detalles que el gran amor de su agitada vida había sido una espléndida prostituta de El Pireo, a la que, tras un quinquenio de maravilloso ensamble erótico, no había tenido más remedio que estrangular porque lo engañaba con un albanés de poca monta. De nuevo insistí con mi pregunta de siempre (cómo era que andaba libre). «El narcotráfico, viejo, el narcotráfico.» Mi estupor fue tan intenso que, todavía azorado, me desperté.

Por fin, en mi quinto y último sueño, el singular Belmonte se apareció en mi estudio de proyectista, con una actitud tan absurdamente agresiva que no pude evitar que mis dientes castañetearan.

—¿Por qué me vendiste, tarado? —fue su vociferada introducción—. Te crees muy decente y pundonoroso, ¿verdad? Siempre te advertí que con nosotros no se juega. Y vos, estúpido, quisiste jugar. Así que no te asombres de lo que viene ahora.

Abrió bruscamente el portafolios y extrajo de allí un lustroso revólver. Me incorporé de veras atemorizado, pero antes de que pudiera balbucear o preguntar algo, Belmonte me descerrajó dos tiros. Uno me dio en la cabeza y otro en el pecho. Curiosamente, de este último sueño aún no me he despertado.

Conclusiones

Hubo un verano en que la muerte se aburrió de su comarca nocturna y decidió instalarse en la refulgente mañana. El sol se filtraba entre los rascacielos y se detuvo a sólo tres baldosas de su desamparada sombra.

La muerte enfocó con sus ojos grises el piso más alto de un imponente edificio. Allí, junto a una frágil baranda, estaba un hombre totalmente desnudo que abría y cerraba los brazos. Desde la concurrida plaza nadie miraba hacia arriba. Todos cuidaban sus pasos o esperaban el verde de los semáforos. La muerte comprendió que el hombre desnudo estaba a punto de arrojarse al vacío, pero ella no estaba en ánimo de recibirlo, así que simplemente parpadeó. Cuando volvió a mirar, el hombre desnudo ya no estaba asomado a la remota baranda, pero al cabo de un rato reapareció pulcramente vestido y con una sonrisa que desde abajo nadie era capaz de distinguir. Salvo la muerte.

Una pareja de jóvenes, quizá demasiado absortos en su amor, se aventuró en un cruce de peatones a pesar del semáforo en rojo. Un camión enorme se les vino encima; mejor dicho, se les venía, porque la muerte otra vez parpadeó y el camionero frenó bruscamente, no sin antes cubrir de prolijos insultos a los imprudentes. Éstos ni se dieron cuenta del peligro corrido y siguieron abrazados su camino.

La muerte decidió moverse. La grandiosa avenida, con sus rascacielos en fila y sus nudos de automóviles, le pareció el pretencioso borrador de un futuro camposanto. Para ella era indudable: toda aquella disparatada hipérbole acabaría algún día, centímetro a centímetro, kilómetro a kilómetro, cruz a cruz, en un oscuro destino sin regreso, en su hora suprema.

De pronto se dio cuenta de que el luminoso día la aburría aún más que la noche. De modo que regresó urgentemente a su lóbrego hábitat, donde sólo la luna podía desafiarla. Y empezó como siempre la rutinaria caravana.

Desde abajo, desde las tres o cuatro guerras que asolaban el mundo, se elevaban hálitos, manes, soplos vitales consumidos, huellas de espíritus. La muerte los acogía con su habitual pericia y los diseminaba en su franja de éter, unas veces como efluvios y otras veces como miasmas. Un trabajo verdaderamente agotador.

Menos mal que no hay Dios, mascculló la muerte con su voz cavernosa. Si hubiera Dios y viniera a disputarme el azar, no tendría más remedio que morirme.

Datos sobre Braulio

Braulio era nuestro tema cotidiano. Ninguno de nosotros lo conocía, ni siquiera lo habíamos visto en fotografía, pero fue desde siempre el protagonista de nuestros coloquios y chismografías. El mayor de nuestra banda o clan o tribu, Lucas, tenía quince años. Yo era el menor con doce, y en el medio estaban Ramiro con trece y Luis con catorce.

Según informaciones que había recogido Ramiro, el invisible Braulio, algo mayor que nosotros, era dueño de una hermosa bicicleta con la que pedaleaba incansablemente por la carretera que lleva a Maldonado.

Para Lucas, en cambio, lo de la bicicleta era un cuento chino. Según pudo saber, Braulio había quedado cojo a raíz de una salvaje patada que le propinaron en una cancha de fútbol, y en consecuencia no parecía que fuera apto para el ciclismo.

Luis, por su parte, juraba y perjuraba que Braulio no tenía bicicleta, y no era rengo ni nada parecido, y añadía que no faltaban quienes decían haberlo visto participar en pruebas atléticas con excelentes marcas.

En lo que a mí respecta, tenía escasa bibliografía sobre la vida y milagros del inabordable Braulio.

Lucas y Ramiro llegaron a soñar con él, pero las imágenes del doblemente soñado no coincidían. Para Lucas era un tipo alto, rubio, huesudo; para Ramiro, en cambio, un petizo morocho, más bien barrigón.

Luis se entusiasmaba con la posibilidad de encontrarlo y convertirlo en nuestro compinche. Ramiro le advertía: «Si no se esfuman, hay que tener cuidado con los fantasmas».

Infortunadamente, el enigma no tuvo una plácida revelación. Una noche de primavera Luis y yo habíamos decidido ir al cine y con esa intención nos fuimos arrimando al Centro. De pronto, en una esquina particularmente oscura distinguimos un cuerpo inerte en plena calle. Nos acercamos y el hallazgo nos dejó estupefactos. Era nada menos que Ramiro, con el cuello sangrante. Al escuchar nuestras voces de angustia, abrió los ojos. Lo acosamos a preguntas: «¿Qué pasó? ¿Quién te dejó así? Ramiro, habla, por favor». Ramiro movió apenas los labios. Apenas balbuceó: «Braulio» y no pudo decir más. Estaba muerto.

El hallazgo

Genaro y Fermín se conocían desde los años escolares y, ahora, ya cuarentones, tenían el hábito de juntarse los sábados de tarde en la modesta cafetería Horizonte, que quedaba frente al parque.

Hablaban de recuerdos de infancia, de viejas películas recién repuestas, de libros que leían e intercambiaban, y a veces de temas que consideraban existenciales, por ejemplo el suicidio.

—Yo creo que nunca me suicidaría —dijo Genaro tras desperezarse con ganas—. ¿Para qué? El final llega sin que uno lo convoque, ¿no te parece?

—Yo, en cambio —dijo Fermín—, no me atrevería a descartarlo tan radicalmente.

—Pero ¿con qué motivo? ¿Angustia? ¿Miseria económica? ¿Enfermedad? ¿Desengaño amoroso?

—Nada de eso. Si en alguna tarde neblinosa, sin estruendo y sin ángelus, tomara esa decisión, sería simplemente por curiosidad. Para saber qué hay después. Puede que sea fascinante.

—Si es que hay algo.

—Mirá, por las dudas te aviso. Si alguna vez decidiera forzar el fin, y como resultado hallara algo, simplemente algo, la señal sería que, aunque no fuese otoño, empezaran a caer las hojas secas.

—¿Y eso?

—Lo soñé.

—Menos mal. Pensé que se te había aflojado algún tornillo.

Esa conversación tuvo lugar el último sábado de noviembre. El primer sábado del siguiente febrero, Genaro y Fermín concurrieron como siempre a la cafetería Horizonte.

Mantuvieron un largo silencio. Parecía que ya habían agotado todos los temas disponibles.

Fermín terminó su café y estuvo un buen rato masticando el aire.

De pronto se levantó, le dedicó a Genaro una mirada de afecto y dijo: «Chau».

Genaro lo vio alejarse hacia el bosque de pinos. Luego lo perdió de vista.

Media hora después, el disparo sonó rotundo y sin ecos. Tras el primer sobresalto y sin haberse repuesto aún de la sorpresa, Genaro advirtió que, en pleno verano, una bandada de hojas secas empezaba a caer sobre su mesa.

Reencuentro

Para Medardo Soria fue una linda sorpresa que cuatro de sus viejos amigos quisieran encontrarse con él. Hacía tiempo que les había perdido la pista, y lo lamentaba porque tenían muchos recuerdos en común, buenos y no tan buenos, pero que de todos modos significaban un enlace de las respectivas juventudes. Llegó con su habitual puntualidad al café Prometeo, pero ellos lo habían precedido. Allá estaban, en la mesa de un reservado, y desde lejos le hacían señas.

Lo primero fueron los abrazos y los reconocimientos físicos. «Gabriel, estás gordito.» «Bah, después de los cincuenta, la barriga es un signo de experiencia y sabiduría.» «En cambio vos, Felipe, estás más flaco que un ciclista del Tour de France.» «¿No sabías que la flacura es salud?» «Mariano, ¿lo tuyo son canas auténticas o peluca importada?» «Canas más genuinas que las del Papa.» «Juan Pedro, ¿cómo has conservado tus manos de pianista?» «A mi amado Pleyel tuve que pignorarlo.» Y un casi coro de los cuatro: «¿Cómo hacés, Medardo Soria, para conservarte tan garufa?». «Miren, no les enumero mis achaques, menores, medianos y mayores, para no introducir la tristeza como convidado de piedra de este lindo encuentro. Mejor, cuéntenme qué pasó con sus vidas desde que nos dispersamos por el ancho mundo.»

«Bueno, yo», empezó Mariano, «me radiqué en el campo. No era mío, sino de mi tío, pero al poco tiempo se murió y me quedé con la tierra y las ovejas. Les confieso que lo único lindo de esos latifundios son los atardeceres, cuando el sol se va haciendo el distraído y de pronto nos deja a solas con las penas. El resto es tedio. Nunca me he aburrido tanto como contando ovejas. Debe ser, después de los mendigos, el animal menos entretenido. Al final conseguí un perro, *Verdugo*, que durante un tiempo me acompañó con lealtad y hasta con cariño, pero también él se hastió de las ovejas y de los atardeceres. Una tarde prorrumpió en dos ladridos con carraspera y estiró la pata, o mejor las patas. Cuando acudí a mirarlo, el pobre *Verdugo* ya tenía cara de oveja».

«Yo me fui al Norte», intervino Felipe. «¿A Rivera?» «No, a Miami. El incentivo es que allí había muchos que hablaban español. Cubanos, claro. También llamados gusanos. Nunca me admitieron. A los yanquis les dan coba, les lamen el culo, los estafan cuando pueden, pero a los otros latinoamericanos los miran con resquemor, con miedo de que los desbanquen en el amparo norteamericano. En cierto modo justifiqué sus aprensiones, ya que la única ciudadana que atendió por un tiempo mis menesteres eróticos, y lo hizo con gusto y sin mayores exigencias, fue una oriunda de Nashville, que tampoco se llevaba bien con la cubanía invasora. Tras un semestre de disfrutarnos, llegué a la conclusión de que lo mejor era volver al pago. Nos despedimos sin rencor, intercambiamos nuestras señas, pero la verdad es que nunca nos volvimos a buscar.»

Gabriel pidió la palabra y se la concedieron, pero se quedó varios minutos en silencio. «Es que no sé por dónde empezar. No sé si se acuerdan de que yo era huérfano. Así y todo, me las arreglé. Estudié Arquitectura y casi la terminé. Me quedaron colgadas tres materias. Las di dos veces y me bocharon ídem. Sin pensarlo demasiado, abandoné aquel barco y empecé mi vida de náufrago terrestre. Así hasta que pude comprarme un taxi y después otro y después otro. Los taxis han sido la razón de mi puta vida. Debo añadir que me casé tres veces, una por cada taxi. Todo un surtido. La primera, rubia; la segunda, morocha; la tercera, definitivamente negra. Aunque les parezca mentira, la más oscurita fue la mejor, pero tuve la mala suerte de que se me muriera en pleno orgasmo. O sea que quedé viudo para los famélicos sobrantes. Se me ocurrió escribir una autobiografía, pero a las setenta y tres páginas advertí que aquel engendro no iba a interesar a nadie. Ni siquiera a mí. Fue cuando vendí el último taxi y alquilé un apartamentito casi enano, pero con un amplio ventanal desde donde dialogaba con la luna. Cuando no la tapaban las nubes, *of course*. Y llegué a la conclusión de que la luna era mi cuarto y definitivo amor.»

Le tocó el último turno a Juan Pedro, el pianista. «Viví con la música, para la música y de la música. Más de una vez fui solista en algún concierto para piano y orquesta. Digamos más bien para piano y orquestita. Pero cuando el rock y otros desafinados invadieron la radio, los anfiteatros, la televisión y las discotecas, no tuve más remedio que apuntarme en el paro. Durante un tiempo sobreviví gracias a la venta del piano, cuyo producto, como era un Pleyel, me alcanzó para desenvolverme durante un año, cinco meses y nueve días. ¿Y luego? Bueno, luego conseguí un carrito bastante presentable y me dediqué a recoger basura en barrios de pro. Es otra música, pero bah.»

A esta altura, a Medardo Soria le pareció advertir que los cuatro viejos y queridos amigos lo observaban con una mirada que era en todos la misma. Los ocho ojos eran de pronto negros, rigurosos, lejanos.

Mariano habló en nombre de los cuatro: «Medardo, ha llegado el momento de ponerte al día. Nosotros hace tiempo que estamos muertos. El Más Allá es repetido, soporífero, insulso. Por eso resolvimos venir a verte y contarte nuestras historias. Por favor, no pongas esa cara de pasmado. No somos fantasmas. Somos muertos».

Medardo no pudo con su propio estupor. Se sintió desfallecer y que empezaba a derrumbarse. Y se derrumbó. La siguiente visión fue que los cuatro queridos finados lo recibían con los brazos abiertos.

La señorita Rodríguez

Oficina es rutina. Presumo que esto ha sido dicho y escrito por numerosos burocratólogos, no sé a ciencia cierta quiénes ni cuántos, pero como cabe la posibilidad de que todavía sea una frase inédita, por las dudas aquí la digo y la escribo. Es una rutina, claro, pero tiene sus luces y sus sombras. En la nuestra nos conocíamos tanto que ya nada quedaba por descubrir. Sabíamos de memoria todas las vicisitudes de nuestro diario vivir, nuestras relaciones familiares, nuestros muebles, nuestros platos preferidos, los problemas con nuestros padres o con nuestros hijos, nuestros números de camisa, nuestros autores dilectos, bah, lo sabíamos todo. Esa familiaridad era de un talante casi fraternal (aunque a veces nos peleábamos como verdaderos hermanos), pero con el tiempo se fue volviendo algo tediosa. Cuando preguntábamos algo, sabíamos de antemano la respuesta. Entre nosotros no había sorpresas ni estupores ni desconciertos. Lo que se llama «un colectivo», y aunque solíamos referirnos a nosotros mismos en plural, éramos conscientes de que pensábamos y actuábamos en singular. Que yo recuerde, sólo una vez nuestro letargo unánime fue violentamente sacudido.

En la oficina éramos siete, además del jefe, que poseía un despacho particular, al que teníamos acceso sin mayores restricciones. Éramos una familia, ni más ni menos. Asunción atendía los archivos; Remigio, la calculadora (todavía no eran tiempos de informática); Marcelo, la relación con otros departamentos; Antonio, la parte de dibujos y proyectos; María Eugenia (a quien todos conocían por señorita Rodríguez), la puesta en limpio de los informes; yo, la secretaría personal.

Todos éramos un poco grises, no demasiado locuaces, y aprovechábamos los paréntesis de ocio resolviendo palabras cruzadas (en ese sector, Marcelo era la estrella, porque las hacía en francés), que sabíamos ocultar precavidamente entre las hojas de algún expediente. Debo confesar que ese ambiente retraído y timorato cambió notablemente a partir de la incorporación a la oficina de la señorita Rodríguez, ya que María Eugenia era alegre, dicharachera, ocurrente, entretenida, y además (y no es poca cosa) bastante linda.

Aparte del despacho del jefe y del amplio espacio en que se alineaban nuestras siete mesas, había otra pequeña habitación, que incluía un lavabo con agua corriente. Allí teníamos un calentador, una cafetera, un termo y varios pocillos. El momento cumbre de cada jornada laboral era el de la hora del café. Sin embargo, como no podíamos dejar la oficina completamente vacía, íbamos al cuartito en grupos de a dos o de a tres. Por lo común, yo iba con Remigio y Asunción; Marcelo, con Antonia y Esmeralda, y el jefe (privilegios del poder) con la señorita Rodríguez.

Todos éramos más o menos normales (o vulgares, ¿por qué no?, no hay nada malo en ser vulgar); todos, con una excepción: Remigio, que era un poco raro. A veces se quedaba inmóvil frente a la calculadora, mirándola fijo, como si quisiera arrancarle alguna confidencia. Los cuentos y anécdotas de los demás eran verosímiles, hasta diría chatamente verosímiles. En cambio Remigio solía narrar como verdades ciertos episodios, casi siempre impresionantes, que luego se demostraba eran falsos. Fantasioso, poco menos que delirante, mentiroso en fin, también era necio, porque se enojaba, y hasta se alunaba, cuando alguien le demostraba que tal o cual suceso que él había narrado como verdadero era absolutamente irreal. Entonces no nos hablaba por cuatro o cinco días. Pero ninguno de nosotros le guardaba rencor; más bien nos divertía.

El hecho que (infortunadamente) rompió la rutina tuvo lugar durante una tranquila, habitual tarde de agosto. Yo estaba en el despacho del jefe, trabajando en una serie de asuntos atrasados que él quería despachar antes de fin de mes. De pronto la puerta se abrió (siempre llamábamos antes de entrar pero esta vez no se cumplió la norma) y apareció Remigio, transfigurado, tembloroso, con el pelo revuelto.

—Con usted quiero hablar —le espetó al jefe—. Y es urgente.

Hice ademán de levantarme para dejar el campo libre, pero Remigio me advirtió con firmeza:

—No te vayas. Quedate. Quiero que seas testigo.

El jefe, algo desconcertado, sólo atinó a ponerse en pie.

—¿Qué te pasa? ¿Por qué tenés esa cara de loco?

—¿Que qué me pasa? Usted, justamente usted, ¿no se imagina lo que me pasa?

—Calmate, muchacho.

—No me voy a calmar. De ninguna manera. Hoy usted fue a tomar café al cuartito con la señorita Rodríguez, ¿sí o no?

—Como todas las tardes.

—Pero hoy se olvidaron de pasar la llave y yo entré sin llamar. No sabía que ahí estaban ustedes, pero entré. Ni usted ni ella me vieron, estaban demasiado ocupados, pero yo sí los vi y se estaban besando. En la boca. Asquerosos.

—¿Pero de qué estás hablando?

—De que usted y ella se chuponeaban. Inmundos.

—No te lo permito. A ver si te portás con un poco de respeto. Tarado.

—¿Usted le tenía mucho respeto cuando la besuqueaba?

Remigio hizo un movimiento rápido y sacó un revólver del bolsillo del pantalón.

Pegué un salto tratando de frenar aquella locura, pero él me volvió a gritar:

—¡Vos no te muevas! ¡Vos sólo sos testigo! —con un pañuelo bastante sucio se secó el sudor de la frente.

—¿Quieren que les diga una cosa? A la señorita Rodríguez ya la maté. Allá está muerta, en el cuartito. Por cochina. Andá a besarla ahora, jefe, ya que te gusta tanto. Andá a buscar el cadáver, todavía está calentito.

—¡No inventes! —le grité ahora. La verdad es que yo no sabía qué hacer.

—No invento. Está bien muerta. Y ahora —apuntó al jefe— te voy a matar a vos, degenerado. Para que los velen juntos, como a Romeo y Julieta.

El movimiento del jefe fue sorpresivo e instantáneo, como de un tipo habituado a enfrentar situaciones límite.

Era evidente que, mientras el otro vociferaba, había ido abriendo de modo casi imperceptible la gaveta de la derecha, y de pronto lo vi a él también empuñando un arma.

Ese instante fue decisivo. Los dos apretaron casi simultáneamente los gatillos, pero el jefe fue más rápido y sobre todo más certero. Remigio se derrumbó. Tuve la impresión de que estaba muerto. Y sí, estaba. El tiro de Remigio no había alcanzado a su destinatario, pero había roto el cristal de una ventana.

Con el arma todavía en la mano, el jefe respiró profundamente y luego se sentó. Estaba pálido. Parecía tener diez años más.

Los disparos habían resonado en todo el edificio. La puerta volvió a abrirse bruscamente y esta vez sirvió de marco a un racimo de diez o doce rostros, con grandes ojos abiertos y labios temblorosos. Y lo más inesperado: por detrás de todos ellos también apareció el rostro y sobre todo la voz de la señorita Rodríguez, preguntando entre sollozos: «¿Qué pasó?, ¡díganme qué pasó!, ¡por favor!, ¡por favor!, ¡díganme qué pasó!».

Demoramos como seis meses en volver a la rutina. Pero volvimos. Los cambios fueron pocos pero importantes. El cuartito del café fue clausurado y la señorita Rodríguez pidió traslado al Archivo General de la Nación y le fue concedido.

Por disposición gubernamental, en los últimos tiempos no se llenan las vacantes, así que en la oficina ahora somos sólo cinco, además del jefe, que, claro, sigue teniendo su despacho, al que solemos entrar sin mayores restricciones. La verdad es que somos una familia, ni más ni menos.

No

Se sabía condenada, y más aún cuando sentía en sus brazos desnudos aquellas manos como garras que la empujaban hacia adelante. La venda que le cegaba los ojos no le impedía ver en los treinta y ocho años de su vida. La infancia no importaba, era una bruma, con vaharadas de gritos y cantos inútiles, borrosos y borrados. La adolescencia sí valía, era por lo menos una huella de algo, una involuntaria vigilancia de los seres que llegaban y desaparecían. Ella había empezado verdaderamente a existir en una juventud un poco tardía, cuando la sorpresa del amor la hizo valerse por sí misma y fue consciente de los deseos, hasta allí ignorados, de su cuerpo.

Metida en el vaivén de su memoria, había aflojado el ritmo de sus pasos, pero las garras que la conducían la proyectaban otra vez hacia adelante.

¿Dónde había quedado? Ah, en las vísperas de Hilario. Mucho antes de conocerlo, ella se había incorporado a un grupo político, tal vez no demasiado revolucionario, pero bastante combativo. Ella no había empuñado armas, no había disparado un solo tiro, no tenía muertes en su haber. Sólo cumplía tareas importantes pero secundarias: llevaba mensajes decisivos, transmitía órdenes de los jefes, desde su aparente inocencia estudiantil averiguaba planes, programas de aniquilamiento, futuras redadas. En fin, vida de compañeros. Ahí conoció a Hilario y por primera vez se enamoró y sucumbió ante su poder de seducción. Noche a noche le fue entregando su cuerpo, su futuro, su vida. Hilario sabía de memoria su piel de estreno, su boca, sus pechos, su sexo.

Las manos como garras la oprimieron aún más. Tuvo la sensación de que al menos uno de sus brazos, el izquierdo, había empezado a sangrar, pero a esa altura qué importaba una primera sangre.

La dura revelación había ocurrido en una noche de sábado. En el vaivén erótico de Hilario ella intuyó de pronto un riesgo, una escondida amenaza. Él interrumpió de pronto su rutinaria oscilación, se incorporó en el lecho y le preguntó qué le pasaba. Nada, dijo ella, sólo que estoy cansada. Él escupió sobre la almohada, se vistió de prisa y se fue sin besarla ni siquiera mirarla. Ella quedó asombrada y exhausta. En ese instante supo que su amor era su delator.

Esta vez las garras la obligaron a detenerse. No le quitaron la venda pero le soltaron los brazos, a esta altura entumecidos, rígidos, maltrechos. Sus pies descalzos pisaron por última vez las piedras ásperas, hirientes.

El disparo sonó en sus oídos antes que en su pecho. Sólo dijo: No.

Témpano

No sabía de dónde venía el frío. No estamos en invierno, pensó. Sin embargo, las manos se le habían vuelto rígidas, las rodillas le temblaban, el alma no era alma sino témpano.

Se recostó en el muro, que le pareció excesivamente rugoso. Quería reflexionar, refugiarse por un rato en la cordura, sacar cuentas, imaginar con serenidad.

Aún no estaba en condiciones de asimilar ni de borrar la imagen de su Viejo muerto. Durante el último mes que el enfermo pasó en el sanatorio, Fermín fue a verlo, pero sobre todo a escucharlo. Nunca el Viejo le había dedicado tanto tiempo ni le había hablado con tanta franqueza.

—A tu madre la quise de veras pero no siempre le fui fiel. Esa doblez me provocaba amargura y hasta pesadillas. ¿Qué me pasaba? Que yo a veces me aburría de mi propio estilo de amar. Por otra parte, me parecía que ella, de tan ingenua, no era capaz de albergar celos o meras sospechas. Precisamente esa calma no me gustaba. ¿Por qué? Porque en el fondo quizá significara (al menos, eso creía) que no me juzgaba lo suficientemente atractivo como para provocar la atracción de otras mujeres. De mis varias relaciones clandestinas, la más prolongada fue la que mantuve con Amelia. ¿Te acordás de ella?

Fermín se acordaba, pero le dijo que no. No quería darle ese gusto. No quería que Amelia fuera el nombre de una triste deslealtad a su madre, cuando ella aún vivía, rozagante y vital. Que después, en su etapa de viudo alegre, tuviera sus amoríos, devaneos y chifladuras, no le afectaba. Allá él con su frivolidad.

En esta última visita, Fermín encontró al Viejo especialmente desmejorado. Balbuceaba, tartamudeaba, tenía dificultad para respirar. No obstante, llegó un momento en que se sobrepuso a sus señales de agonizante y retomó el hilo de sus testimonios.

—Bueno, después de todo no era tan ingenua. Me consta que en verdad yo me lo merecía, pero nunca imaginé que ella, nada menos que ella, me fuera infiel, me hiciera cornudo con no sé qué cretino. Quizá vos ignores que en sus relaciones conmigo nunca consiguió quedar encinta, que era una de las metas de su vida. Pero con el cretino, sí quedó.

Ante esa revelación de última hora, Fermín quedó anonadado, vacío de toda piedad. Y entonces fue él quien balbuceó:

—O sea que yo...

—O sea que vos (ya era hora de que te enteraras) no sos mi hijo.

El Viejo ya casi no podía hablar y Fermín se había arrollado en sí mismo.

—¿Me podrías decir, como último favor, quién es entonces mi padre verdadero?

—Puedo y quiero decírtelo. Es mi póstumo desquite. Pero acercate un poco más. Ya casi no tengo voz. Tu padre, o sea el cretino que preñó a tu madre, es... o fue...

Fermín no podía creerlo, pero la revelación quedó poco menos que arrugada, en un hueco del último estertor.

Y fue allí que Fermín empezó su invierno, fue allí que supo que su alma no era alma sino témpano.

[illegible]

Jamás [illegible] que alguien [illegible]

[illegible] del [illegible]

[illegible] Departamento [illegible]

[illegible]

Alguien

Alguien va a venir. Estoy seguro. Sé que alguien vendrá. Aunque me haya ido del mundo, no por muerte sino por soledad y algo de cobardía. Nunca he podido soportar el odio y sin embargo el odio me alcanzó.

Fue en la primavera del 2000. No estaba solo entonces. Tenía por lo menos cinco amigos de toda confianza. Especialmente uno: Matías. Nos reuníamos los fines de semana para practicar el ajedrez o el golf. Deportes no muy agitados, por cierto, pero que nos unían.

Otro tipo, un tal Freire, en varias ocasiones había tratado de incorporarse a nuestras reuniones, pero de una u otra manera le hicimos entender que no nos era grata su compañía. La verdad es que era insoportable.

Todo aconteció un jueves de octubre. Yo venía solo en mi coche. La carretera estaba completamente vacía. De pronto, junto a un muro semiderruido, vi una escena que me resultó espeluznante. Un hombre, de mameluco azul y zapatos sport, le estaba asestando varias puñaladas a una mujer que parecía joven.

Estuve a punto de detenerme, pero no estaba armado y aquel tipo era capaz de cualquier violencia. Simplemente, aminoré la marcha. El tipo por fin abandonó la horrible tarea y levantó la cabeza. Sólo entonces lo reconocí: era Freire. No estaba seguro de si él, a su vez, me había reconocido.

Agitado y confuso, aceleré de nuevo y una hora más tarde llegué a mi casa. Al día siguiente el crimen fue titular de casi todos los diarios. La muchacha, una azafata aérea, había muerto. No había datos del asesino, que estaba prófugo. Al parecer, no había testigos de la agresión.

Pasé un día entero cavilando y al fin me decidí: concurrí a la policía e hice la denuncia. Esa misma tarde apresaron a Freire. Tuve que ir a reconocerlo y él me dedicó una mirada de odio y murmuró entre dientes: «De algo podés estar seguro: me la vas a pagar».

La amenaza me golpeó. Seguramente él iba a ser condenado, pero esa misma noche dejé la capital. Sin avisar a nadie, ni siquiera a mis colegas de golf y de ajedrez, alquilé un chalecito en Colonia y allí me instalé.

Transcurrido el primer mes, el aislamiento me resultó insoportable y decidí llamar a mi amigo Matías. Le di las señas de mi nuevo alojamiento y le pedí que viniera cuanto antes.

A los tres días, o sea hoy, sonó el llamador. Pensé: debe ser Matías. Antes de abrir, miré por la ventana. No era Matías, sino el mismísimo Freire. Abrí un cajón del armario y tomé el revólver. Me moví con cautela hasta la puerta y la abrí. Freire me dedicó una irónica sonrisa, y dijo: «No aceptaron tu testimonio. Llegaron a la conclusión de que no había testigos. Además, tengo ahora buenos amigos en el poder. Ya ves, estoy libre».

Yo sabía lo que me esperaba. Vi que introducía la mano derecha en el bolsillo, pero le gané de mano y le metí dos balazos en el pecho.

Ahí está ahora, en el umbral, agonizando. Pero pudo escucharme: «Lo que son las cosas. Hoy tampoco hay testigos».

Después, veré lo que hago. Por lo pronto, borré a Matías de mi lista de amigos.

Utopía

Utopía

Sin querer me metí en una utopía
y no pude salir
íbamos hacia el cielo el mar el monte
y no pude salir
creábamos futuro a ras del alma
y no pude salir

la utopía volaba y nadaba y corría
era ella por sí misma un universo
y no pude salir

en medio de la noche la utopía
se alteró / se hizo suerte
convirtió a la memoria
en un pobre arrabal
y no pude salir

cuando al fin / no sé cómo
salí de aquel ensueño
la utopía hechicera ya no estaba
y el mundo me ofrecía
mal humor y abandono

Poste restante

Durante varios años, Verónica me había escrito una carta mensual. No diré que yo las olvidara, pero tal vez se hubieran quedado escondidas en el tedio del pasado de no sobrevenir la obligación de mi mudanza.

Estuve tres días vaciando roperos y armarios y de uno de éstos se desprendió una maleta que no tenía candado y en consecuencia se abrió al tocar el suelo. Y allí estaba el atado con las cartas que Verónica mandaba regularmente a mi casilla de correo. Quizá yo estaba cansado con tanta calistenia de traslado, pero al mismo tiempo me picó la curiosidad y me vinieron ganas de releer aquellas cartas de ayer y de anteayer. Aquí transcribo algunas:

Hola Martín: Aquí estoy en la terraza, sola, frente a la costa. No hay viento, el mar está quieto. Una confesión: la soledad ha dejado de herirme. Mejor aún: me permite revisar, casi diría descifrar, mi pasado sin gracia. En un platillo de la balanza coloco mis odios; en el otro, mis amores. Y he llegado a la conclusión de que las cicatrices enseñan; las caricias, también.

Ya hace dos meses que se fueron mi madre y mi hermana. Me gustó tenerlas conmigo, pero también sentí cierto alivio cuando me dijeron hasta pronto. Con mi hermana me llevo bastante bien. Pensamos diferente en muchos tópicos (ideología, política, cultura, y hasta deportes) pero por lo general evitamos los temas conflictivos. Lo esencial es el afecto y éste permanece. Mi madre, en cambio, es muy tozuda, y eso dificulta la relación, ya que es incómodo ser sincera con ella. Cuando puedas y quieras, ponme unas líneas.

Martín: Bueno, las vacaciones se terminaron y en estos días padezco eso que los nuevos psicólogos han bautizado como el trauma posvacacional. Por suerte, sé que no me dura mucho. La avalancha de trabajo barre con todas las melancolías.

Creo que no llegaste a conocer a mi jefe actual. Buena persona, pero más braguetero que Juan Tenorio. Las subordinadas tienen que andar con todas las alarmas encendidas, porque al menor descuido les toca el culo. Hay que reconocer que nunca va más allá de un acoso tan discreto. Al parecer, le alcanza con dejar esa constancia ambiental, algo que entre otras cosas le sirve al personal masculino para burlarse de las muchachas.

En mi caso particular, y en vista de que he alcanzado los cuarenta, mis nalgas ya están fuera de campeonato. Curiosamente, tal abandono me produce una doble sensación: una, por supuesto, de alivio, y otra, de cierta frustración, como si de pronto me hubieran jubilado del escrúpulo erótico y la lujuria abstracta. ¿Tú qué opinas? ¿También te jubilaste?

Hola Martín: El invierno siempre tuvo para mí un lado cavernoso, fantasmal, como si los vientos helados trajeran consigo las malas noticias y las lluvias implacables nos hicieran olvidar cómo era el sol. Abrigos no me faltan, pero debajo del sobretodo, la zamarra o los ponchos, sé que mi piel tirita y que un cierto destemple se me instala en el alma.

Este invierno, sin embargo, me llegó con otro ritmo. ¿Te acordás de Eusebio? ¿Aquel alto, de pelo revuelto, más bien parco, lector empedernido, que se complacía en rectificar al profesor de Historia? Bueno, me caso con él. La historia es más sencilla de lo que te imaginas, casi te diría que más sencilla de lo que yo misma podía haberla imaginado.

Una mañana se apareció en la oficina, no precisamente para hablar conmigo (ni siquiera sabía que yo trabajaba allí) sino con mi jefe querendón, pero como éste asistía a una reunión del Directorio que le iba a llevar varias horas, Eusebio me sugirió que nos fuéramos a almorzar, y de paso celebrar nuestro reencuentro.

Íbamos por la mitad del almuerzo cuando por fin nuestras miradas se encontraron. Y de pronto estuvo todo dicho. Tuvo la delicadeza de no llevarme a un hotel sino a su departamento de soltero. A mí, otra soltera. Aquí va la invitación. Ya sé que no podrás venir. El próximo viernes nos vamos a Río. No está mal, ¿verdad?

Martín: La última vez que te escribí (¿cuánto hace?, ¿dos años?) estaba dando el último toque a mi soltería. Ahora te escribo desde mi viudez recién inaugurada. Eusebio murió en un accidente carretero. Por favor, no me envíes ningún pésame. No corresponde. Iba con otra. La hija del gerente, su último amor, que también murió. Las dos noticias me llegaron juntas. Bah.

Hola Martín: Sólo para avisarte que no habrá más cartas. Gracias por los años y el vacío de tus silencios. Si alguna vez me hubieras contestado, te habría mandado un fax con dos o tres hurras. Pero no me contestaste. Paciencia. No sé si esto se acaba o si me acabo yo. Como avisan en el casino: No va más. Bien sabes que soy atea y que este mutis no servirá para evangelizarme.

Suicidio más / Suicidio menos

No es que Ezequiel Molina se sintiera desconforme con la vida, y menos con *su* vida, pero siempre había pensado que era útil (por si las moscas) tener a mano un repertorio de suicidios. Por lo pronto, le parecían una estupidez las autoeliminaciones que implicaban sufrimiento, digamos clavarse un cuchillo de cocina en el estómago, tragar dos alka-seltzer sin disolverlos previamente o zambullirse en pleno océano sin saber nadar.

Casado en terceras nupcias con Albertina Montes, conviene aclarar que el cese de sus precedentes uniones no se había debido a descalabros conyugales sino a abruptos percances del destino. Su primera mujer murió en un accidente ferroviario; la segunda, de un escape de gas.

Dos veces viudo y sin hijos, con una renta nada despreciable, heredada de un perezoso abuelo terrateniente, a los treinta y siete años no era un mal partido, y en el paulatino enamoramiento de Albertina Montes, su cuñada y primera actriz, hubo una red de seducción y un pelín de cálculo.

En sus tres años de matrimonio habían creado un bienhumorado sistema de convivencia, que incluía la indispensable armonía sexual y una admitida cuota de independencia, de la que por supuesto estaban descartados el engaño y la infidelidad.

Ezequiel se sabía constitucionalmente celoso, pero sus dos primeras mujeres no le habían dado motivo para la mínima desconfianza. Su relación con Albertina actriz tenía en cambio un matiz de cierto riesgo. Ezequiel jamás concurría a los espectáculos en que ella actuaba. No habría tolerado asistir, desde su platea, a los arrumacos, abrazos y hasta besos que un actor cualquiera, obediente al libreto, dedicara a su esposa, que por cierto era una intérprete más que aceptable. Él admitía que esas escenas formaban parte de un oficio. Aquellos arrebatos profesionales, meros amores de imitación, no tenían cabida en sus celos congénitos, pero por las dudas no quería presenciarlos. Después de cada función, ya en la cama conyugal compartida, Albertina se le entregaba con una pasión que no seguía otro libreto que su amor sincero, original e imaginativo.

Por otra parte, la independencia de Ezequiel no sólo consistía en reunirse periódicamente con sus amigos de siempre, sino también, y sobre todo, en disfrutar de su soledad. Había cuatro o cinco cafés, de clásico prestigio, en los cuales, sin que nadie lo supiera (ni siquiera Albertina, que por lo general a esas horas ensayaba), se refugiaba en alguna mesa de un rincón, y allí leía y sobre todo meditaba: sobre un caótico mundo a ajustar, sobre el Dios que seguramente no existía, sobre la vaga posibilidad de tener un hijo, y varios etcéteras de menor cuantía. La catástrofe sobrevino precisamente en uno de esos retiros, una húmeda tarde de niebla.

Estaba leyendo, con renovado interés, a Günter Grass, pero al dar vuelta una página de *El tambor de hojalata*, miró distraídamente hacia la calle ¿y qué vio? Nada menos que a la mismísima Albertina que caminaba tiernamente abrazada con un tipo alto, apuesto, de bigote, que por cierto no figuraba en su riguroso fichero de actores. Frente mismo a la mirada de Ezequiel, pero sin verlo, el abrazo se hizo más estrecho y él pudo comprobar la expresión alegre y hasta conmovida de su mujer. Ezequiel cerró el libro de un rudo golpe, pagó la consumición y allí mismo supo lo que iba a hacer. Cualquier cosa menos cornudo. No tenía vocación de asesino, en consecuencia no los iba a matar. Pero podía matarse él. Eso sí, matarse él.

Repasó mentalmente su viejo repertorio de suicidios, que nunca había creído utilizar. Pero ahora sí. Decidió que lo mejor (final sin sufrimiento) era el tiro en la sien. Tomó un taxi porque de pronto se sintió invadido por una extraña urgencia. En veinte minutos estuvo en su casa. Ya en su estudio, abrió el cajón de la derecha donde estaba el invicto revólver. Lo cargó cuidadosamente. Luego pensó que debía escribirle unas líneas a Albertina para explicarle su decisión. Y también para que sufriera un poco, qué joder. Porque estaba seguro de que iba a sufrir. Merecidamente. Dobló el papel, lo metió en un sobre, en cuyo exterior escribió: Para Albertina. Luego empuñó el arma.

Fue en ese penúltimo instante que sonó la voz alegre de su mujer: «¡Ezequiel! ¡Ezequiel! Llegó Rubén, mi hermano menor. Sin avisarme. ¿Qué te parece? Hace cinco años que no lo veía, lo dejé como un adolescente y mira ahora qué hombre. Aquí está». Y ahí estaba. Precisamente el hombre con el que ella había pasado abrazada frente al café.

Ezequiel escondió rápidamente el sobre en un tomo de ensayos y dejó caer el revólver en su gaveta de siempre. Después ya no pudo contenerse, y ante el estupor de los dos hermanos, rompió a llorar con desconsuelo.

Cuarteto

Marcela tuvo, desde siempre, tres enamorados: Felipe, Ambrosio y Gustavo. Increíblemente, el profundo vínculo que unía a los tres muchachos eran los celos. Se vigilaban con cariño y bonhomía, pero ninguno les perdía la pista a los otros dos. De todos modos, Marcela era siempre un referente, algo así como un barómetro o una escala. La extravagancia o la rareza no constituían méritos para nadie. Todos jugaban sus cartas a la normalidad y la cordura.

Hasta el ingreso a la Universidad habían estudiado juntos. Los sábados de noche salían de copas y de bailes. Marcela atendía por igual a cada integrante de su «terceto» y era en el abrazo tanguero cuando aparecía la inevitable competencia. Pero había que cuidarse, porque el que oprimía en exceso se desvalorizaba tanto como el que abrazaba con flojera.

A partir del nivel universitario, empezaron a verse mucho menos. Los encuentros eran en todo caso telefónicos. Felipe siguió Derecho y fue el primero en recibirse; Ambrosio se decidió por Arquitectura, pero su ritmo fue más lento; Marcela se inscribió en Humanidades, y Gustavo dio varios exámenes de Ingeniería. Pese a esa dispersión, se encontraban una vez al mes, ya no para copas o bailongos, sino para cenar en algún confortable restaurante de Pocitos. Los tres seguían enamorados de Marcela, pero ninguno se atrevía a dar el campanazo, pese a que ella, al parecer, seguía invicta, sin pareja.

Cosa rara: en una de esas cenas faltó Ambrosio, sin aviso. Cuando estaban en el flan con dulce de leche, sonó el celular de Felipe.

—¿Cómo? ¿Cuándo?

Felipe se había puesto pálido y su voz sonaba más aguda que de costumbre.

—Una maldita noticia. Ambrosio está preso. Me dicen (me cuesta creerlo) que intentó robar varios Rolex en una joyería del Centro, y como el dueño intentó resistirse, Ambrosio sacó un revólver y le pegó dos tiros. Al parecer, lo mató.

La reacción más dramática fue la de Marcela. Con un ademán brusco apartó su silla y se dobló sobre sí misma, llorando amargamente, casi con estertores. De inmediato los otros dos se levantaron y trataron de calmarla. Por fin Marcela se tranquilizó un poco, se arrimó de nuevo a la mesa y respiró en profundidad.

—Yo sabía que andaba en esos juegos peligrosos, por cierto sin ninguna necesidad. Pero nunca imaginé que anduviera armado y menos aún que estuviera dispuesto a matar.

Felipe y Gustavo se miraron, a cual más sorprendido, y unidos como siempre por los prehistóricos celos.

Marcela intentó sonreír entre sus lágrimas.

—Alguna vez, muchachos, tenía que decirles la verdad. Siempre supe que los tres estaban encariñados conmigo. Pero desde el comienzo, desde que estudiábamos juntos, yo sólo estuve enamorada de Ambrosio. Y hace cinco años que es mi compañero.

Luego se enfrentó a Felipe con una mirada más conminatoria que esperanzada.

—Vos que sos abogado, te encargarás de su defensa, ¿verdad?

Desde Ginebra

Aunque lo narro en presente, aclaro que esto lo escribo en mi recuperada sobriedad. Nunca hasta ahora me había emborrachado. Así que éste es un estreno. ¿En qué lo noto? Por ejemplo, advierto que el corazón me late en el lado derecho. O también que estoy en el centro de la infancia. Pero como la miro con ojos adultos, los otros niños se alejan, se alejan cada vez más, hasta que me dejan solo, no sé si con mi inocencia o con mis remordimientos. Un poco inquieto, llamo a mis padres, pero sólo comparece el Viejo, que con voz cavernosa me dice: «¿No sabés que estoy muerto?». Puede ser. Voy corriendo en busca de un espejo, pero en su luna sólo me espera el rostro de mi hermano, que por suerte está vivo. Alguien me había anunciado que la borrachera es como un sueño. Un sueño del que uno sólo se despierta cuando ingresa en un sueño de verdad.

En medio de la curda de pronto crezco y ya no soy un infante intrascendente sino un adolescente candoroso. En la calle pasan ellas, pasan sobre todo sus dinámicos traseros y hasta un ombligo con fulgores. La emoción se me instala en las sienes y en la garganta. Abro los brazos de bienvenida y una de las hembritas se refugia en ellos. Le pregunto hasta cuándo y ella dice hasta siempre. Ah no, eso ya es muy complicado. Para los temulentos (beodos, ebrios, dipsómanos, hurra por los sinónimos) no existe eso de siempre. Le propongo que hagamos un paréntesis, y ella se aparta indignada y casi grita: «¿Paréntesis? Tu abuela. O siempre o nada». Balbuceé: «Nada» y entonces se esfumó, con ombligo y todo.

Lo más original de mi borrachera es que respeta un orden cronológico. Ahora, por ejemplo, ya soy un maduro. Un madurito, bah. Metido como un desgraciado entre expedientes, suspiro con aliento de ginebra. El calor de febrero es insoportable, así que abro el ventanal del estudio y no sólo entra aire fresco sino que además los papeles vuelan, unos hacia el zócalo y otros hacia la calle. Me asomo y tres chiquilines idiotas se ríen allá abajo a carcajadas. Pienso en escupirles, pero me contiene la dignidad universitaria.

Suena el teléfono dos veces, tres veces, pero no en mi mamúa sino en mi mesa de luz. Estiro el brazo hasta alcanzar el tubo, y el ronquido del tubo dice: «¿Otra ginebrita?». Cuelgo sin responder y me miro las manos. Una tiembla, la otra no. La cabeza me duele como una pelota de fútbol después de un penal.

Nunca hasta ahora me había emborrachado. Abro los ojos sólo hasta la mitad, porque los párpados todavía están ebrios y me pesan. Tengo la sensación de que por las venas no me corre sangre sino ginebra. Eso sí, una ginebra de factor Rh positivo. Tengo dos sístoles por cada diástole. Mis pobres glóbulos son rojos y blancos, a rayas, como la camiseta del Atlético.

Bueno, bueno. Supe que había recuperado la famosa sobriedad cuando el corazón me volvió a latir del lado izquierdo y sobre todo cuando el tedio del mundo me empalagó de nuevo.

Pretérito imperfecto

Joaquín se encontró con que el bar Amanecer no había cambiado. Con un frente tan destartalado como veinte años atrás, ni siquiera le habían borrado un símbolo anarquista y dos diseños pornográficos que él había fotografiado *in illo tempore*. Entró con precauciones, el ánimo dispuesto a reencontrarse con un don Basilio envejecido y más gruñón que antaño. Pero detrás de la barra sólo había un muchacho más bien alto, de ojos inquisidores, que lavaba con esmero platos, vasos y pocillos. Pidió una cerveza y cuando la tuvo frente a él preguntó por don Basilio.

—¿Don Basilio? Hace tiempo que murió.

Casi se atragantó con la cerveza, pero alcanzó a preguntar:

—¿Hace qué tiempo?

—Seis o siete años.

Joaquín buscó una mesa para sentarse a digerir la noticia. En aquellos años don Basilio había sido una figura fundamental en un pueblo tan aislado, de dos mil habitantes.

De pronto distinguió que en el otro extremo del bar había una mesa ocupada. Un veterano, con barba canosa, un bolso y bastón, le hizo un vago saludo. Luego se levantó y se acercó renqueando.

—¿No te acordás de mí? Soy Felisberto, el de la flauta.

A Joaquín le trajo más recuerdos la flauta que la barba. Le tendió una mano y le ayudó a sentarse junto a él.

—Lo que pasa es que estás algo cambiado.

—¿Y quién no? Los años no vienen solos. Vos tampoco sos el mismo. ¿A qué viniste?

—No sé. De pronto me vinieron ganas de revisar el pasado, de recorrer estas calles, de pisar sus adoquines, de reencontrarme con la vieja gente. Con la salud me llevo bastante bien, pero la soledad a veces me cansa. Y vos ¿qué tal?

—Hace tres años que me jubilé de la banda. No soy viudo pero casi. Mi mujer tiene Alzheimer. Tengo dos hijos, pero es como si no los tuviera: uno ejerce de químico en Montreal, el otro de ingeniero en Sidney. Dos o tres cartas al año, fotos de las nietas preciosas, recortes que documentan un doctorado honoris causa. No está mal, ¿verdad? Pero mi vida actual consiste en mirar atentamente las paredes de mi cuarto y concurrir de vez en cuando a este bar.

—No sé si te acordás, pero yo tuve aquí una novia.

—Claro que me acuerdo. Angélica.

—¿Sigue aquí?

—No. Se fue muy joven, trabajó un tiempo de modelo. Después tengo entendido que se metió a monja.

—¿A monja? No puede ser. Te puedo asegurar que no tenía ninguna vocación religiosa.

—Bah. Esa enfermedad es como un infarto: te ataca sin previo aviso.

—¿Y tus compañeros de la banda municipal?

—El clarinete, el oboe, el corno y el fagot se fueron hace dos o tres años y tengo entendido que integran otra banda en una provincia argentina. El saxofonista quedó frito una tarde mientras se esmeraba en un solo bajo la lluvia. O sea que sólo quedamos yo y mi flauta. A veces subo a la azotea y toco un rato, pero debo suspender por dos razones: una, que la flauta suena desconsolada y me pone triste, y otra, que los vecinos se quejan porque, según ellos, desafino. Tal vez tengan razón, pero antes no desafinaba. Es posible que se deba a que estoy un poco sordo.

—Venía con la intención de recorrer el pueblo, ver cómo está la plaza.

—¿La placita? El último huracán la dejó sin pinos.

—Encontrarme con gente de mi generación, con sus hijos.

—Pssst.

—¿Qué quiere decir pssst?

—Soplido escéptico.

—No me digas que no queda nadie. Un folleto dice que aquí viven dos mil.

—En realidad, dos mil ocho.

—Qué precisión.

—No es mía sino de la computadora. Sí, más o menos son ésos. Es gente que vino de otras zonas, inmigrantes indocumentados, vendedores ambulantes. Jóvenes, ni lo sueñes. Aquí vivió durante varios años un poeta, Rosendo Araújo, que por cierto era bastante bueno. Él proponía que le cambiáramos el nombre al pueblo: no más San Lucas sino Vetustia. No, no te aconsejo que emprendas tu proyectada recorrida. Mejor quedate con la vieja imagen.

Por un rato se quedaron en silencio. Tampoco Joaquín sabía qué decir.

De pronto Felisberto abrió su bolso y extrajo la flauta. Su risa algo cascada sonó como una tardía recuperación.

—Si querés, toco un poco la flauta. Digamos Vivaldi, Mozart, son adaptaciones mías. En homenaje a tu regreso sentimental, te prometo no desafinar.

Viceversa

No sabía qué podría pensar la Rosario actual, pero a mí me parecía que los cinco años transcurridos desde nuestro último encuentro (¿o fue desencuentro?) no habían pasado en vano. La había visto en televisión, entrevistada por una periodista un poco tonta, y la hallé más linda, más joven, más inteligente. Después tuve la osadía de enfrentarme a mi propio espejo, y aunque no voy a decir que me encontré joven y hermoso, comprobé sin embargo que mis ojos seguían vivos y transmitían un contenido bastante aceptable.

Fue después de ese doble diagnóstico que decidí volver al tema. Tanta incomunicación me pareció un desperdicio. No sé qué pensaría ella de este intento, pero tuve la esperanza de que sonreiría. Y me consta que sus sonrisas siempre fueron aceptaciones.

Para empezar de cero ¿se acordará de cuándo y cómo nos conocimos? Fue en el vapor de la carrera (todavía no habían llegado los Buquebus). Iba caminando por el pasillo, pero de pronto el barco tuvo un vaivén que le provocó un resbalón y la pobre estuvo a punto de caerse. Si no se cayó del todo fue porque yo, muy atento, la recogí en mis brazos. Quedó un poco tembleque, así que la acompañé a su asiento, y aprovechando que el contiguo estaba libre, allí me quedé para tratar de reanimarla. Y la reanimé. De a poco nos fue envolviendo un halo de mutua simpatía, así que antes de desembarcar intercambiamos los nombres de los hoteles donde nos alojaríamos en Buenos Aires. Dos días después la fui a buscar y ahí empezó la cosa. Tanto su hotel como el mío eran especialmente aptos para el amor, de modo que nos amamos con discreción, sinceridad y poco ruido.

¿Se acordará ahora tan pormenorizadamente como yo de aquella fiesta fuera de fronteras? Después, en Montevideo, no fueron necesarios los hoteles. Mi apartamentito era más adecuado y menos riesgoso. Teníamos la doble ventaja de ser solteros y relativamente jóvenes. Yo trabajaba en un estudio de abogados amigos y ella retomó su actividad como crítica literaria.

Cuatro años de convivencia sexual, profesional, ideológica y cultural nos alegraron la vida.

Así y todo, llegó un momento en que la relación empezó a languidecer. Una noche me desperté y vi que su cuerpo se estremecía. Apoyé mi mano en uno de sus hombros para atraerla y vi que lloraba. Me miró entre sus grandes lagrimones y luego balbuceó: «Es horrible, pero ya no te quiero. Y lo peor es que quiero a otro. Vos, que me ayudaste tanto, no te merecías este abandono, pero qué voy a hacer».

Confieso que ese final no llegó a sorprenderme. Yo ya intuía que algo estaba deteriorando nuestro vínculo. Horas más tarde, cuando el ventanal ya se había llenado con la luz un poco turbia del amanecer, ella recogió lentamente sus bártulos y se fue, luego de propinarme un abrazo agradecido y distante.

De nuevo solitario y soltero, traté de consagrarme a mi trabajo. La redacción y corrección de expedientes judiciales no es demasiado disfrutable, pero la falta de amor se me convirtió en un exceso de rigor, y en el estudio estaban más que conformes con mi faena profesional.

Sólo unos meses después me enteré de que mi sustituto en el corazón y el lecho de Rosario era un fotógrafo muy apuesto, que tenía fama de mujeriego. Por lo que supe más tarde (los chismes circulan con semáforo verde) esa unión también acabó mal. El fotógrafo consiguió un puesto en Miami, al parecer bien remunerado, y hacia allí partió, sin el menor aviso y dejando a Rosario mascullando su rencor.

Cuando la volví a encontrar habían pasado los cinco años que mencioné al principio de este relato, tan poco heroico. Me abrazó tiernamente, me agobió con pedidos de perdón, y, como era de prever, empezamos ahí un segundo capítulo. Se quedó contenta con algunas modificaciones que yo había incorporado en el mobiliario de mi apartamentito de siempre.

Ahora fueron dos los años de convivencia sexual, profesional, ideológica y cultural que nos alegraron la vida. Sin embargo, llegó otra vez el momento en que la relación empezó a languidecer. Una noche ella se despertó y advirtió que mi cuerpo se estremecía. Pero yo no estaba llorando, simplemente estaba atrapado en una crisis de bostezos, suspiros y estornudos. Al fin pude mirarla con auténtica tristeza y balbuceé: «Es horrible pero ya no te quiero. Y lo peor es que quiero a otra. Sé que no te mereces este abandono, pero qué voy a hacer».

Pasos del hombre

El hombre caminaba por el sueño, pero no por el propio. Caminaba por el sueño de los otros.

Pongamos que de una infancia cualquiera le llegaran unos ojos azules y una sonrisa de burla prematura. ¿Por qué? ¿Para quién? ¿Desde dónde? Imposible saberlo, ni siquiera imaginarlo.

O pongamos que en una playa poco menos que desierta, un hombre y una mujer, desnudos como el cielo, hacían un amor que era exclusivo. El hombre intuyó que algún día. Pero mientras tanto contempló el agua, que de a ratos quedaba casi inmóvil. Sabía que era salada. Lo sentía en los labios, en la lengua, en la garganta. Y que estaba viva, porque los peces saltaban, para aleluya y bacanal de las gaviotas.

Nunca pensó que lo traicionaran. Y ocurrió sin embargo. Sintió que el corazón o el hígado o el estómago se le habían encogido. Se quedó con la infamia en la mano vacía, como si el tiempo lo desconociera, más aún, como si el tiempo lo cegara.

Por suerte el amor borró las traiciones, llenó los días y organizó el disfrute. Decidió entonces caminar por ese sueño ajeno, que de tan ajeno se le volvió propio. Y se encontró con que el paisaje había cambiado, que en el alma le habían nacido lucernas, claraboyas, y que las rebanadas de soledad ya no le herían.

Recordó el alerta de Cernuda: «¿Adónde va el amor cuando se olvida?». Y presintió que acaso se insertara en un sueño, vaya a saber cuál. Después de todo, los amores olvidados son pesadillas dulces.

Así, hora tras hora, día tras día, los pasos del hombre lo fueron acercando a la armonía final de la memoria. El espejo le devolvió canas y arrugas, ceño y ojeras, ojos grises de desconcierto, pero también un halo de esperanza. Y bueno, decidió afiliarse a ese fulgor mínimo y con él se abrió paso en la maleza, convencido de que ahí nomás empezaba el futuro. Y así era.

Soñar en voz alta

Luciano no se encontraba muy a menudo con su padre. A la madre, en cambio, la veía más frecuentemente, pero más por sentido de responsabilidad que por cariño. Como cualquier hijo de padres divorciados, Luciano se sentía un poco huérfano. No bien pudo se independizó, y después de un noviazgo normal y no muy dilatado se había casado con Cecilia.

Un sábado, cerca del mediodía, se encontró con su padre, y por iniciativa del Viejo se metieron en un café del Centro.

—Voy a aprovechar este encuentro casual —dijo Luciano— para hacerte una pregunta no tan casual.

—Venga nomás.

—¿Por qué te separaste de mamá?

—No es tan sencillo de explicar, sobre todo para el que no lo vivió. A tu madre le tuve siempre bastante afecto. No pasión, entendelo bien, pero sí afecto. Y creía que ella también sentía algo parecido hacia mí. Pero una noche llegué a casa bastante tarde por razones de trabajo y ella dormía profundamente. De pronto sentí que murmuraba algo en pleno sueño y alcancé a distinguir un nombre: Anselmo, Anselmo. Era un vecino con el que teníamos una buena relación. A la mañana siguiente, mientras desayunábamos, le pregunté qué le pasaba con Anselmo. Se echó a llorar y sin atreverse a mirarme, me confesó que eran amantes. Y ése fue el final.

Meses más tarde, Luciano le hizo a la madre la misma pregunta.

—¿Por qué nos separamos? Nunca hablé de eso contigo porque lo considero un hecho muy privado. Con tu padre nos habíamos llevado bien durante dieciocho años de matrimonio. Reconozco que no estábamos enamorados, pero soportábamos nuestras diferencias y las frecuentes discusiones hacían más entretenida la relación conyugal. Una tarde, a la hora de la siesta (él siempre la duerme; yo, nunca) empezó a hablar entre sueños y dijo varias veces el mismo nombre: Inés, Inés. Lo pronunciaba con un tono amoroso que por cierto nunca me había dedicado. Inés es una compañera de mi estudio, que muchas veces almorzaba o cenaba con nosotros. Linda y muy simpática. Cuando tu padre despertó y se dio una ducha, le hice la pregunta de rigor: «¿Soñás siempre tan amorosamente con Inés?». Tal como yo lo esperaba, me confesó que hacía por lo menos dos años que tenían relaciones. Y ahí terminó todo.

Después de esas revelaciones (¿cuál de las dos era cierta?, ¿ambas serían verdad?) Luciano se sintió más huérfano que de costumbre. Durante dos o tres horas vagó como un zombi por las calles más concurridas, pensando que la multitud podía borrarle la tristeza.

Por fin decidió refugiarse en su casa. Ya era tarde y Cecilia se había acostado. En pleno sueño, ella se dio vuelta en la cama y se abrazó a la almohada. En dos etapas dijo: Luciano, Luciano.

Él se sintió orgulloso y satisfecho. La dejó dormir tranquila y fue a la cocina a hacerse un café. Lo tomó con gusto y estaba lavando el pocillo cuando se le encendió la lamparita. Carajo, había un primo que también se llamaba Luciano. Él era Luciano Gómez y el primo Luciano Estévez. ¿Sería posible? No quería creerlo, pero la duda le produjo palpitaciones.

Más o menos angustiado, regresó al dormitorio. Cecilia seguía abrazada a la almohada y volvió a articular claramente: Luciano, Luciano.

Él se recostó en la pared y sólo alcanzó a preguntarse: ¿Por qué será que las mujeres nunca sueñan con apellidos?

Tango

Estaba tan borracho que no llegó haciendo eses sino equis. La casa (su casa) estaba vacía, oscura, abandonada. Quizá por eso pudo llegar indemne hasta la mecedora.

Cerró, abrió y cerró los ojos. Lo que vislumbró no fue un sueño sino un milagro de jardín. Con su madre o sin su madre. Eso dependía de la tensión de sus párpados. Si era con su madre, ella lo señalaba con un índice acusador y una mueca de burla. No era preciso que hablara. Él bien sabía de qué se trataba. Desde la infancia la había despreciado, ninguneado con fervor, desatendido. Entre ella y él no había puentes; sólo despeñaderos, barrancos, hondonadas. Por eso ella, en vez de dos ojos verdes, tenía dos odios grises.

Él abrió los suyos, acarició los párpados heridos, posó su mirada opaca en la pared de enfrente, que empezó a balancearse con un ritmo moderado. El cuadro estaba ahí: una figura antigua, de hombre recio, con corbata de moña, melena canosa y anteojos de miope. Cerró otra vez los ojos y el hombre se asomó en el espacio inverosímil: allí no había moña ni anteojos. Él, cuando estaba sobrio, era capaz de recitar de memoria todos los poemas de ese tipo, pero ahora los versos se arrinconaban en el olvido. El hombre semisoñado lo miraba con exigencia, reclamándole algo, aunque fueran dos versos, una copla, el estrambote de un soneto mediocre. Pero él se retraía, se ocultaba, no quería saber nada de una inspiración ajena. Ahí era cuando el tipo empuñaba un látigo y él abría providencialmente los ojos.

El cuadro ya no estaba y la pared había dejado de balancearse. Qué bien le vendría un café amargo, pero cómo llegar a la cafetera, a encender el gas, a no derramar el agua que llamaba desde el grifo.

Por primera vez lamentó su mamúa. Volvió a cerrar los ojos en busca de un estímulo. Tardó en llegarle la somnolencia, pero cuando llegó fue una recompensa inesperada. Frente a él, al alcance de sus manos, estaba Dorita, más atractiva que nunca, con la boca entreabierta y a la espera, con el camisón rosa que se le resbalaba de los senos, más turgentes que en épocas pasadas. Quiso decir algo y no pudo. Dorita lo paralizaba con su belleza. Decidió extender su mano hasta el pezón izquierdo, pero éste se hizo nada entre su índice y su pulgar.

Esta vez abrió los ojos porque alguien le estaba sacudiendo el hombro. Su mujer, nada menos, y no era un sueño.

—Otra vez mamado —gritó ella.

—Otra vez mamado —admitió él—. Yo no tengo vergüenza de tomarme una copa.

—¿Y cuántas vergüenzas reservás para zamparte dos botellas?

—Tres.

—¿Tres? ¿Vergüenzas o botellas?

—Botellas.

—¿Hasta cuándo pensás que voy a soportar este maldito tren de vida?

—Mi amor, eso es asunto tuyo.

—Y vos, ¿no tenés conciencia?

—¿Querés que te diga la verdad? Me tiene harto.

—¿No tenés nada más que decirme?

—Cómo no... Vos sabés que yo siempre cito a los clásicos. Por ejemplo, Cátulo Castillo (música de Aníbal Troilo) que estampó para siempre esta delicia: «Yo sé que te lastima / yo sé que te hace daño / llorarte mi sermón de vino».

—Es cierto que me hace daño. No importa. Aquí te dejo, con esa veterana curda, que ya forma parte de tu currículo. Se acabó. No te preocupes. Cuando vos y yo seamos finaditos, sé que voy a encontrarte en algún boliche (cantina, para los ilustrados) del paraíso.

Ombligos

Tomás la había conocido en uno de esos atardeceres de verano en que las muchachas van de shorts o de bikini y los ombligos se convierten en faros de las expectativas masculinas. Veinte o treinta años atrás los hombres eran atraídos por ojos verdes, grises o celestes, por pechos ocultos que dejaban imaginar espléndidos pezones o tobillos vírgenes que invitaban a caricias con seguimiento. Eso era antes, pero ahora en el cuerpo femenino no hay centímetro (o centímetros) más seductor (o seductores) que el (o los) del ombligo. Las muchachas son conscientes de esa magia y cuidan sus ombligos como antes cuidaban sus labios. A veces hasta los adornan con chafalonías que despiden inquietantes destellos.

Hay que reconocer que cuando Tomás inició la conversación no había ombligo a la vista. Le preguntó si estaba cómoda en aquel asiento de ferrocarril. A ella le agradó que él la tuteara y le devolvió el tratamiento con calculada cortesía. Sí, estaba cómoda, bastante más cómoda que cuando hacía el mismo trayecto en autobús.

Él decidió comenzar con temas poco comprometedores y eligió la literatura. En los últimos meses había leído a Raymond Chandler y a Juan Rulfo y dejó caer algún comentario alusivo, pero se encontró con que ella sabía bastante más que él en ese campo y sus alrededores. Discutieron con ganas y en uno de esos avatares él le tomó una mano y ella lo dejó hacer. Cuando pasaron a la novela erótica, los detalles los acercaron más aún, y cuando por fin llegaron a la estación en que ambos descendían, él ya le había pasado el brazo por la cintura y, como era previsible, la invitó a cenar.

Más previsible aún fue que ambos se alojaran en el mismo hotel (habitación 18) y tras el segundo o tercer abrazo la noche no presentó mayores dudas. Ya casi desnudos, él se situó en las corrientes de este siglo y se animó a preguntar si podía verle el ombligo. Ella soltó la risa. No, no podía verlo, sencillamente porque no tenía. A él se le aflojó la erección y ella se sintió en el deber de explicarle. Tres años atrás había tenido un accidente bastante serio, tuvieron que operarla «y esos desgraciados me dejaron sin ombligo. Esa parte la tengo lisita como una nalga o como una pantorrilla». Cuando ella se desnudó totalmente, él llevó su mano a la zona en conflicto. Lisa, completamente lisa. Qué contradicción, pensó Tomás con amargura: rostro hermoso, ojos expresivos, pechos turgentes, piernas bien torneadas. Y sin ombligo. Lentamente retiró la mano, confirmando ante sí mismo que del cuerpo femenino lo que más le atraía era el ombligo.

Contempló a la mujer desnuda y la mirada fue sobre todo de piedad. Sintió que se había puesto pálido y desconcertado. Ella, sin perder la calma, dijo: «No seas bobo. No lo tomes así. Ya estoy acostumbrada. Es la cuarta vez que me ocurre. Te confieso que la única vez que llegué a algo fue con un señor que, casualmente, tampoco tenía ombligo».

Ah, los hijos

A medida que se iba acercando al sueño, y sin que siquiera se lo hubiera propuesto, Raquel, viuda desde hacía tres años, se dedicó a pensar en sus hijos. Primero jugueteó con los nombres. Vaciló entre pensarlos por orden alfabético o por orden cronológico. Al cabo del segundo bostezo, se decidió por el alfabeto.

ANA. Exiliada voluntariamente en Nueva York, allí había estado el fatídico 11 de septiembre. Presente y ausente, desde lejos y cerca, asistió al derrumbe de la segunda torre gemela. Nunca tuvo los ojos tan abiertos.

Nunca las manos le temblaron tanto. Nunca el corazón le envió tantos mensajes. Al día siguiente se enteró de que habían muerto cinco mil; otros redujeron la cifra a tres mil. Cuántos, ¿no? De pronto recordó que en Hiroshima murieron cien mil y en Nagasaki ochenta mil, pero hoy nadie hace enojosas comparaciones. Total, aquéllos eran japoneses. Parece que, pese a todo, y a todas las amenazas que circulan, Ana se quedará en Nueva York. Dice que la ciudad le gusta. Casi todos sus amigos militan en lo que podría llamarse Partido de la Abstención, sin duda el mayoritario. Ella los anima a votar: No es que exista un candidato ideal, les dice, pero siempre hay uno que es menos peor que el otro. No le hacen caso. Hace mucho que se les deshilachó la confianza. Mejor es ir al baseball o escuchar discos antediluvianos de Sinatra o de Louis Armstrong. Así y todo, se casó con un ingeniero abstencionista y vive relativamente feliz. Su trabajo en la ONU (lo ganó en concurso) le resulta estimulante. Es lindo juntarse en la cafetería con funcionarios o delegados franceses, ecuatorianos, napolitanos, australianos, chilenos, sudafricanos, etcétera. El único esperanto en que se entienden es el inglés y se divierten bastante con aquel chapurreo en clave mayor, aquel idioma que nadie domina.

CARLOS. Tal vez fue su favorito. Catorce años es poca vida. Nunca tuvo ánimos para reconstruir su final, para no ahogarse ella también en aquel naufragio absurdo. Que aprendiera a nadar, se lo dijo mil veces. Y él siempre retrucaba: ¿Para qué? La vida, o más bien la muerte, demostraron para qué. Como siempre que piensa en ese hijo, que sueña con él, la almohada se le empapa de llanto.

DANIEL. Siempre la acompañó. Siempre estuvo con ella. También ahora. Él sabe (y ella sabe que él lo sabe) que el afecto materno que recibe tiene el signo de la obligación, no de la espontaneidad. El vacío que dejó Carlos nadie lo colmó. Cuando él (tan sólo en los adioses o en los regresos) la abraza y la besa, siente que ella está abrazando y besando a Carlos. Pese a todo, a ella le consta que Daniel es fiel como un perro.

LUISA. Sin duda, la más atractiva de la familia. Sin embargo, no ha tenido suerte. Siempre alimentó la obsesión de ser ella misma, de no afiliarse a las apariencias.

Una sola vez se enamoró, o creyó que se enamoraba, pero resultó que ese primer tórtolo le demostró su amor a bofetadas. Eso le magulló tanto el alma que se enfrentó al espejo e hizo un voto de desamor para el resto de sus días. Lo malo fue que esa inquina la empujó a la prostitución y allí permanece. Ella dice que se acuesta con los hombres para odiarlos mejor. Raquel ha tratado de persuadirla, de contagiarle su decencia. Pero Luisa, que empezó siendo carne seductora, ahora es apenas un alma marmórea.

MANUEL. Trabaja como un obseso en la carpintería de su primo Aparicio. Siempre ha sido milagrosamente sano. A la noche llega a casa agotado, deshecho, muerto de sueño. Su mujer, Amalia, comprensiva como pocas, ya ni siquiera le reprocha su menguada lujuria. Raquel tiene, sin embargo, fundadas sospechas de que la nuera calma sus apetitos en otras comarcas. Afortunadamente, no tiene pruebas. Las raras veces que se encuentra con Manuel (Navidad, cumpleaños) le aconseja que trabaje menos, que se interese por otros quehaceres (cultura, política, deportes, etcétera), pero él ni siquiera responde. Simplemente sonríe, aunque eso también le da trabajo.

A esta altura, la nómina de hijos no ha acabado (faltan dos: Ricardo y Teresa), pero Raquel comienza a amodorrarse, dispuesta como de costumbre a soñar con Carlos y a mojar la almohada.

Taquígrafo Martí

En una época en que aún no habían hecho su aparición los grabadores o magnetófonos o como quiera que se llamen, Celso Iriarte se había ganado la vida como taquígrafo. Entonces era una profesión lucrativa y bastante solicitada (por las cámaras de senadores y diputados, los congresos internacionales, los consejos universitarios, los bancos, el periodismo, etcétera) y había varios sistemas: el Gregg, el Pitman, el Gabelsberger, el Martí. Los tres primeros eran adaptaciones de otros idiomas; sólo el Martí se basaba en la sintaxis y las peculiaridades del idioma español. Disponía de más signos, que abarcaban más letras y sonidos, y en consecuencia no permitía alcanzar, como los otros, una máxima velocidad de escritura, pero en cambio era el más fácil de traducir o interpretar. Como la mayoría de los taquígrafos de Uruguay, Celso era practicante del Martí, y aun mucho después de haber abandonado esa profesión (ahora era abogado y profesor de Economía) recordaba con afecto aquellos garabatos secretos y a la vez reveladores.

Ya cumplidos sus sesenta años, viajó a España para atender varios compromisos universitarios. Fue entonces que pasó varias semanas en Valencia, una ciudad que, cuando estaba libre de obligaciones, le gustaba recorrer. En uno de esos paseos se encontró con que la calle que transitaba se llamaba Taquígrafo Martí. A partir de ese día, cuando concluía sus seminarios de la mañana, adquirió el hábito de recorrer aquella calle que le traía tantos recuerdos.

En la séptima de esas jornadas se le acercó un hombre bastante joven (aparentaba unos treinta años) y le preguntó a quemarropa:

—¿Usted es uruguayo?

—Sí, claro.

—Entonces mi nombre no ha de sonarle extraño.

—¿Cómo se llama?

—Soy el taquígrafo Martí. El que dio nombre a esta calle.

—Digamos que es el nieto.

—No, señor. Soy el mismísimo taquígrafo Martí.

—Mire, no estoy para bromas. Cuando empecé a practicar ese sistema, yo tenía dieciocho años y tengo entendido que el taquígrafo Martí, que por supuesto era español, me llevaba unos cuantos lustros de ventaja. Y yo tengo ahora más de sesenta.

—Es cierto.

—¿Y entonces?

—Soy el mismo.

—Un fantasma, tal vez.

—Tal vez. ¿Nunca se enteró de cierto célebre haiku: «Si no se esfuman / hay que tener cuidado / con los fantasmas»?

—¿Y usted piensa esfumarse?

—Es proba...

No alcanzó a pronunciar la sílaba «ble». En el preciso instante en que Celso se halló solo y abandonado en la calle, escuchó un fuerte ruido metálico. La chapa con el nombre del taquígrafo se había desprendido de su pared con grietas.

BRINDIS

Si ustedes lo permiten,
prefiero seguir viviendo.
FRANCISCO URONDO

Brindis

Brindo por los aparecidos
y los desaparecidos
brindo por el amor que se desnuda
por el invierno y sus bufandas
por las remotas infancias de los viejos
y las futuras vejeces de los niños

brindo por los peñascos de la angustia
y el archipiélago de la alegría
brindo por los jóvenes poetas
que cuentan las monedas y las sílabas
y finalmente brindo por el brindis
y el vino que nos brindan

Amores de anteayer

En aquel luminoso otoño de 1944, Rodrigo Aznárez recorrió virtualmente toda la República. Le hacía de secretario al doctor Montes, autor de un (según él) revolucionario plan de educación física que había decidido difundir por los diecinueve departamentos del país. También formaban parte de la expedición siete esbeltas muchachas, alumnas de una especialidad más o menos gimnástica.

Rodrigo era el encargado de hacerle a Montes el discurso básico, que luego el jefe modificaba de acuerdo a las características de cada población. También tomaba nota de las preguntas del público, a las que debía responder en la próxima coyuntura.

Antes y después de cada arenga, las muchachas aportaban su espectáculo de campeonato, y sus ejercicios isométricos, sus volteretas y flexiones, eran ruidosamente aplaudidos por aquel público más bien rústico que acudía mucho más atraído por las jóvenes piernas musculosas que por las metáforas del doctor Montes.

Después de la cena, todos (incluido el jefe) concurrían al club local, que por lo general organizaba un bailongo en homenaje a la visita. Todavía no era tiempo de rock, donde los bailarines establecen distancias. El tango, primera danza abrazada de la historia y, por eso mismo, primer adoctrinamiento de lujuria, permitía instruirse sobre las cimas y las hondonadas del otro cuerpo.

Para Rodrigo, ése era el codiciado salario de los viajes. Pero lo mejor era el regreso en el autobús que contrataba Montes. Ahí comparecía Natalia Oribe, una atractiva morochita de modesta apariencia, que envolvía a Rodrigo con su clamorosa simpatía y el convincente lenguaje de sus manos. Sólo se besaban cuando el autobús quedaba a oscuras. El cruce de los túneles solía ser el momento más lúbrico.

La llegada del invierno más implacable del siglo puso punto final a las giras profesionales del doctor Montes. Rodrigo y Natalia, que se habían prometido otros azares, no se vieron más. Poco después él supo que la muchacha se había trasladado a Canadá con su familia.

Más de medio siglo después, el 15 de diciembre del 2000, Rodrigo se metió en un cine, más para disfrutar del aire acondicionado que por interés en la película. A su edad, el calor excesivo le hacía mal, le impedía respirar con normalidad. De pronto hubo un corte en la película y la sala se iluminó. No había mucha gente, a lo sumo veinte espectadores. Tres filas más adelante estaba, también sola, una vieja delgada pero erguida. Cuando se reanudó la película, la mujer abandonó su asiento y vino a sentarse junto a Rodrigo.

—Sos Rodrigo Aznárez, ¿verdad?

—Sí.

—Qué suerte. Yo soy Natalia Oribe, ¿te acordás?

Rodrigo abrió tremendos ojos. No lo podía creer.

—¿Qué te parece si abandonamos este drama infame y nos metemos en un café?

Al café fueron y consiguieron ubicarse en una suerte de reservado.

Entre cerveza y cerveza, les llevó un buen rato ponerse al día. Rodrigo, contador público, era viudo. Su único hijo, químico industrial, residía en Italia. Natalia, psicóloga ya retirada, se había casado dos veces: una en Canadá, con un aviador de Montreal, del que se separó a los tres años, sin hijos mediante. Otra en Valparaíso, con un chileno profesor de Filosofía, que siete años después la dejó viuda y con una hija, que vivía en Murcia y le había dado dos nietos.

Mientras ella hablaba, Rodrigo trataba de desentrañar, en aquel rostro casi octogenario, la gracia y la inocencia de la antigua muchacha. Al menos la simpatía había sobrevivido y se lo dijo.

—Vos sos más reconocible —comentó ella—. Tu sonrisa es la misma y me sigue gustando.

—A esta altura —dijo él— ya no es uno el que sonríe, sino las arrugas.

—¿Por cuánto andás?

—Ochenta y uno. ¿Y vos?

—Setenta y nueve.

—No estamos tan mal.

—¿Verdad que no?

—¿Te acordás de los viajes en autobús?

—Nunca los olvidé.

—Pero desapareciste.

—Enseguida nos fuimos a Canadá y no tenía tu dirección ni tu teléfono.

Sobrevino un silencio, pero fue breve. Ella dejó su silla y fue a sentarse junto a Rodrigo. Luego, al igual que en aquel otoño del 44, apoyó su cabeza en el hombro reencontrado.

—Natalia —dijo él.

Ella siguió callada, pero por cierta vibración de aquel hombro viejito que era su apoyo, supo de antemano cuál iba a ser la continuación.

—Natalia —repitió él, con voz vacilante y esperanzada—. ¿Cuándo nos casamos?

De jerez a jerez

1

Se llamaba Angélica, pero su persona no era precisamente una ilustración de su nombre. Su rostro tenía, eso sí, una expresión escurridiza, como si pretendiera mostrar una inseguridad que poco tenía que ver con su índole secreta pero firme.

Parecía joven y bastante atractiva. La conocí una noche de campanas, pero no recuerdo si eran de celebración o de congoja. Estaba sola, apoyada en una columna de la plaza. Tenía un aspecto de angustia o desconsuelo. Me dio pena y me acerqué. Le pregunté si se sentía mal, si podía ayudarla.

—No se preocupe. No me pasa nada. Simplemente, padezco de cierta fragilidad congénita. Siempre que oigo campanas, me invade una extraña tristeza. Y lloro.

—Vamos, anímese un poco. ¿Me acepta un café?

—Si me lo cambia por un jerez.

—Bueno, ¿me acepta un jerez?

Sonrió por fin, y antes de que yo abriera ninguna indagación, se enfrascó en un monólogo informativo.

—Yo no pertenezco a este paisaje, ni siquiera a sus alrededores. No obstante, llevo suficiente tiempo de residencia como para hablar sin acento, saborear las minutas locales, y hasta adaptar las pausas de mi paso a la zancada de estos prójimos. Soy oriunda de Frankfurt, de padre judío y madre egipcia. Fíjese qué entrevero. Él murió de infarto y ella de miedo. Un año antes me habían mandado con unos tíos a Buenos Aires. Apenas si me acuerdo de ese traslado: sólo tenía dos años. Nunca aprendí yiddish ni hebreo ni alemán, ni mis tíos intentaron enseñarme otra lengua que no fuera el castellano. Mi primer anhelo fue levitar. Y no me parecía tan absurdo. ¿Por qué los pájaros, siendo más brutos, podían volar? De a poco me fui convenciendo de que mi destino no era aéreo sino terrestre. Una tarde, a mis trece años, volvía del liceo y un tipo me paró en la calle, me agarró de un brazo, me arrastró hasta un zaguán convenientemente oscuro, y me quiso violar. Por entonces yo hacía mucha gimnasia, y había adquirido fuerza y agilidad. Logré dar un salto y propinarle una buena patada. Exactamente en los huevos. El grandote se dobló de dolor y yo retomé mi ruta con toda calma, sin ni siquiera mirar hacia atrás. En casa no dije nada. Un poco por vergüenza y otro poco por dignidad deportiva. La tía me preguntó cómo y dónde me había roto la blusa. Ahí me estrené como mentirosa profesional. Simplemente dije que me la había enganchado en una de las verjas que rodean el liceo.

En ese punto Angélica emitió un semigrito.

—¡Las nueve! Perdóneme si lo dejo. Me olvidé que me esperaban. Esta ciudad modesta es como un pueblo. Seguramente nos volveremos a encontrar, así le termino mi autobiografía. Gracias por escucharme y sobre todo por la paciencia, que no es por cierto un rasgo nacional.

2

Y sí, tres o cuatro años después nos volvimos a encontrar. Ella salía lentamente de la iglesia del Cordón. Enseguida me reconoció, me dio la mano y por primera vez nos dijimos los nombres.

—No la imaginaba con vocación religiosa.

—Y estaba en lo cierto. Hasta hace poco era agnóstica. Ahora soy definitivamente atea.

—¿Y eso cómo se compagina con una visita a la iglesia?

—Hay que conocer al enemigo. Descifrar su lenguaje, sus intenciones, sus claves. Por parejas razones, escucho atentamente a los políticos. Pero en éstos, lo más revelador y aleccionante no son las líneas sino las entrelíneas. Cada discurso tiene un subsuelo y allí es donde las ambiciones, las apetencias y la codicia se entrenan para dar el salto.

—La encuentro más pesimista, más desdeñosa. Una pregunta indiscreta: ¿nunca se ha enamorado? El amor, sobre todo cuando viene enganchado con el deseo, se incorpora a la vida soñada o a soñar. Y también cicatriza las heridas.

—Por supuesto que me he enamorado. Precisamente, de ahí viene el pesimismo. No de la etapa de amor, sino de desamor. Es en ésta cuando aparecen las trampas, los simulacros, las dobleces.

—¿No cree que el amor es una necesidad?

—¿Necesidad o calamidad? ¿No será al menos un equívoco?

De pronto nos separó un silencio. Nos miramos con dos signos de interrogación. Angélica se tapó la boca, como si quisiera ocultar una mueca de burla.

—¿Hoy no me va a convidar con otro jerez?

—Naturalmente.

En el café más cercano no había ninguna mesa disponible, así que nos arrimamos a la barra.

Cuando levantó la copita de jerez, se miró detenidamente las uñas y detectó que por lo menos dos estaban sucias.

—Me he vuelto descuidada. Conmigo misma. Ya ni siquiera tengo tiempo de lavarme las manos.

—¿Por qué? ¿Mucho trabajo?

—Nada de trabajo. Pierdo tiempo pensando. Inútilmente, ya que no llego a la menor conclusión, ni me aplico en ningún borrador, en ningún proyecto. Usted me conoció en una noche de llanto y yo le dije que las campanas me hacían llorar. Pero no era rigurosamente cierto. No son las campanas de la iglesia las que me entristecen. No piense que deliro, pero las que me desconsuelan son las campanas del alma, o del corazón, no las he localizado, pero las siento en mí misma, no en el aire exterior, fuera de mí.

—¿No ha recurrido a ningún psicólogo o psiquiatra o psicoanalista o psicotécnico, a cualquier señor que empiece con psico?

Fue la primera vez que la escuché reír con espontaneidad.

—¿Para qué? ¿Para que me digan lo que ya sé? Le juro por ese Dios padre en que no creo, que no soy una psicópata. Ese prefijo no va conmigo.

3

Después de esos dos encuentros, figuran varios más en mi currículo y en el de ella, pero aquí sólo dejaré constancia del decimoquinto.

Pleno invierno, inclemente como pocos. Me desperté con el golpeteo del granizo en el amplio ventanal. Me levanté y me quedé un buen rato contemplando aquel diluvio y compañía.

Luego regresé a la cama y estiré un brazo hasta reconocer el lindo pecho izquierdo de mi mujer. Ella abrió los ojos y me dedicó una ráfaga de cariño. Sólo entonces descubrió la tormenta.

—¡Angélica! —dije yo—. ¿Verdad que no está mal esta borrasca para celebrar nuestro tercer aniversario?

Ella prorrumpió en dos hurras y me miró con una alegría nueva, recién inaugurada.

—¿No me vas a ofrecer un jerez?

Echar las cartas

1

Querida muchacha:

No te extrañe que te llame así. A pesar de los años transcurridos, para mí seguís siendo la muchacha de entonces, la que atravesaba la plaza de lunes a viernes, a las siete menos cuarto, cosechando las lúbricas miradas de los varones de la tarde. Todos te quitábamos con la imaginación el vestido floreado, aunque cada uno se quedaba con una revelación distinta.

Nunca dejaré de agradecerle al doctor Anselmi la noche en que nos presentó en el café Gloria y luego se fue discretamente, dejándonos por primera vez a solas con nuestro mutuo asombro. Y allí empezó todo. Tres meses después tuve el privilegio de quitarte el vestido floreado (eran otras flores, claro) y encontré que superabas en mucho los prodigios de la intuición. Por suerte no eras perfecta, pero tu imperfección le otorgaba un signo irrepetible a mi enamoramiento.

Te preguntarás por qué te cuento todo esto que sabés de memoria, por qué rememoro el origen de los tiempos, o sea de nuestro tiempo. Tal vez porque estoy solo frente al mar y evocarte es una forma de sobrellevar la soledad. Las golondrinas, veloces como nunca, pasan y repasan el aire en su estreno de la primavera, y a mi vez yo, lento como siempre, paso y repaso mis inviernos. No sé por qué miro las várices azules de mis tobillos, flacos y cansados, y admito lo que fui y también lo que quise ser y nunca fui. En cada invierno pasado está tu imagen, ese retrato encuadrado que me espera en la pared del fondo de mi estudio. Y de la colección de inviernos surge nítido aquel en que me dijiste: No va más.

2

Querida Andrea:

Hoy supe, por tu amiga Natalia, que te casaste por segunda vez y que aparentemente sos feliz. Te conozco lo suficiente como para decirte que sos merecedora de una felicidad cualquiera, pero soy lo bastante honesto como para declararte que esta bienaventuranza tuya no me deja contento, ya que por supuesto habría preferido que la tuvieras conmigo. ¿Por qué no fuiste feliz en nuestro quinquenio de convivencia? Es cierto que discutíamos con frecuencia, pero eso ocurría porque éramos (y somos) muy distintos. Para mí esa desemejanza era un atractivo más, ya que es sabido que las parejas que son (valga la redundancia) demasiado parejas, se aburren como ostras. Por otra parte, aunque muchas veces te dije en broma que yo era fiel pero no fanático, la verdad es que nunca te engañé. Una vez estuve a punto, pero en mi corazón (perdoná la cursilería) sólo había sitio para vos. ¿También me fuiste leal? ¿Había en tu corazón una celdilla para mí y otra que estaba disponible? No puedo saberlo. Al menos me consta que sólo reiniciaste tu vida en pareja dos años después de nuestro punto y aparte, ¿o fue punto final? ¿Qué tal es tu marido? No. Mejor no me lo cuentes. El infarto por celos nunca es benigno. Ojalá lo disfrutes y te disfrute. Al menos ya tenés experiencia de cuáles son los parámetros de la parábola sexual, dónde están los límites y dónde las fronteras. Seré curioso. ¿En alguna ocasión reservaste un silencio para rememorar nuestra antigua amalgama, que lamentablemente, todavía no sé bien por qué (y aquí viene bien la nomenclatura futbolística), perdió el invicto? Pasará el tiempo. En el futuro habrá otras primaveras, otras golondrinas reanudarán su vértigo, pero yo soy tozudo en mis evocaciones y puedo asegurarte que no te olvidaré. Tengo ganas de mandarte un abrazo. Pero no te lo mando, de bueno que soy, sólo para que no tengas problemas si te pillan esta epístola a los tesalonicenses.

3

Querida Andrea:

No te alarmes. Esta carta sólo será un parte de viaje. Hace cuatro días que llegué a París, movido por asuntos profesionales. Agosto no es el mejor mes para apreciar monumentos. Tampoco para reencontrar a alguno que otro amigo parisiense. ¿Te acordás de Claude Moreau? No bien llegué, llamé a su teléfono. Me atendió su nuera. «¿Claude? Murió en noviembre.» Balbuceé un breve pésame y me metí en el café de la Paix, donde tantas veces nos habíamos encontrado. Recuerdo que aun la última vez que estuve con él no había asimilado su viudez. Tenía dos hijos, que lo cuidaban y casi lo mimaban, pero no era lo mismo. Años atrás yo había conocido a Angelines, una asturiana que escribía cuentos, por cierto bastante buenos, y realmente era muy querible. ¿Te acordás de Odile? Bueno, se casó con un nigeriano bien oscurito y se fueron a vivir a Canadá. Al parecer, ambos se han especializado en informática, y están trabajando y ganando bien. Me chimentan, además, que Odile está embarazada y que ambos hacen conjeturas, con explicable curiosidad, sobre cuál será el color del primogénito.

Ah, como corresponde, estuve en el Louvre ¿y sabés con qué me encontré? Con que la sonrisa de la Gioconda es igualita a la tuya. Al menos, a la que desplegabas en épocas idílicas.

4

Me parece sensato que me hayas enviado el número de tu casilla de correo. De todos modos, el tema de la carta de hoy no iba a despertar ninguna suspicacia. ¿Sabés por qué? Porque me casé. Sí, aunque te cueste creerlo, yo también he desembocado en mis segundas nupcias. Así que, por las dudas, te mando aquí mi número de casilla: 14043.

Ahora bien, hoy me he dado cuenta de que hace casi un año que no te escribo. Te aseguro que la demora no tiene que ver con mi nuevo estado. Simplemente, se me fueron acumulando las tareas y los problemas. Y no sólo no te he escrito a vos, sino tampoco a ninguno de mis habituales interlocutores postales.

Mi despacho de abogado se ha llenado de papeles, documentos, comprobantes burocráticos, copias fotostáticas, códigos y otras menudencias.

Me he pasado la vida en juzgados, palacios de justicia, tribunales, audiencias, etcétera.

También la boda me ha reducido el tiempo disponible. Conseguir una vivienda más adecuada, familiarizarme con mis nuevos suegros y sus manías, repartirnos con Patricia, mi nueva mujer, las responsabilidades cotidianas, todo ello me ha hecho trasnochar y hasta provocado insomnios, calamidad esta que nunca antes había padecido.

Patricia es tolerante y afectuosa. Es un vínculo bastante distinto del que mantuve contigo. Menos apasionado, más tranquilo y estable, y sin embargo llevadero. Te diré cómo la conocí. Un viernes apareció en mi despacho (ella también es abogada) acompañada de un veterano cargado de problemas: familiares, comerciales, inmobiliarios, administrativos. Eran tantos y aparentemente tan complejos, que les pedí me dejaran todo aquel papeleo para estudiarlo con la debida atención y que volvieran a verme dentro de una semana. Aquel lío era impresionante pero no de difícil solución, de manera que el viernes siguiente, cuando volvió Patricia, sola, sin su cliente, le expuse mi opinión y ella quedó asombrada. Quizá por ello simpatizamos y quedamos en almorzar el próximo martes. Fue el primero de una serie de almuerzos y cenas y todo siguió su curso.

La verdad es que yo ya estaba un poco aburrido de mi vida de asceta, sobre todo considerando que, como vos bien sabés, nunca tuve vocación de misántropo. Ella también estaba disponible. Era soltera y el exceso de trabajo profesional no le impedía apreciar que los años iban pasando con su ritmo inexorable. O sea: que tal para cual. Ya llevamos cinco meses de convivencia y aparentemente todo va bien. El mes pasado nos tomamos quince días de vacaciones y nos fuimos a Piriápolis, donde casi te diría que empezamos verdaderamente a conocernos, a ponernos al día con nuestras respectivas biografías (por las dudas no le conté la etapa nuestra), que por cierto no eran demasiado espectaculares. Así pues, ésta es la historia. La verdad es que me siento bien. El tiempo sigue pasando y no hay pesadumbre ni tortura. Ojalá que a vos también te rueden bien las cosas. Cuando puedas, mandame noticias. Como ésta va a la casilla de correos, ahora sí te puedo enviar un abrazo, con viejo y nuevo afecto.

5

Querida Andrea:

No sé por qué, pero hoy me dio por extrañarte, por echar de menos tu presencia. Será tal vez porque el primer amor le deja a uno más huellas que ningún otro. Lo cierto es que estaba en la cama, junto a Patricia plácidamente dormida, y de pronto rememoré otra noche del pasado, junto a vos, plácidamente dormida, y sentí una aguda nostalgia de aquel sosiego de anteayer. Alguien dijo que el olvido está lleno de memoria, pero también es cierto que la memoria no se rinde. Dos por tres suenan como campanitas en el ritmo cardíaco y una escena se hace presente en la conciencia como en una pantalla de televisión. Y aquel cuerpo que las manos casi habían olvidado vuelve a surgir como un destello hasta que otra vez suenan las campanitas y el destello se apaga. ¿Te ocurre a veces algo así? ¿O será que me estoy volviendo un poco loco? Puede ser. Mientras tanto este probable loco te envía un invulnerable abrazo.

6

Querida Andrea:

Antes que nada, eufórico como estoy, me siento obligado a transcribir tu cartita:

«Yo también estoy loca. Yo también sueño contigo, dormida y despierta. Yo también oigo campanitas. Yo también añoro, no sólo tus manos en mi cuerpo, sino también mis manos en el tuyo. No voy a dejar a mi marido, porque es bueno y lo quiero, pero quiero encontrarme contigo con o sin campanitas, pero estar contigo. ¿Puede ser?»

Es claro que puede ser, mujer primera. Tampoco pienso dejar a Patricia, la verdad es que la quiero. Pero la otra poderosa verdad es que necesito estar contigo. Tengo la impresión de que vos y yo, que no funcionamos demasiado bien como marido y mujer, sí funcionaremos espléndidamente como amantes. ¿Recordás aquello de «fiel pero no fanático»? Hasta el viernes, muchacha, en el café de siempre.

El tiempo pasa

—¿Alguna vez hiciste eso? —preguntó Gloria con una sonrisa tan espontánea que Sebastián, a sus quince recién cumplidos, sintió que le temblaban las orejas.

—No. Nunca.

Hacía tantos años de ese diálogo, pero Seba no olvidaría jamás su continuación.

Gloria era, como su nombre (falso, por supuesto) lo indica, la puta más gloriosa de la calle Finisterre, pero su gran atractivo estribaba en que no tenía aspecto de ramera, ni se vestía como tal, ni se movía como tal. Era tan sólo una veinteañera sencillamente hermosa, que atraía a los hombres con prolija honestidad, informándoles desde el vamos que no tenía vocación de amor único.

—¿Querés inaugurarte conmigo?

—Si usted lo permite.

Ante aquel inesperado tratamiento respetuoso, Gloria estalló en una franca carcajada, que por fin logró quebrar la timidez de Sebastián. Así, con el mejor de los humores, ambos penetraron casi corriendo en el bosquecito de los sauces orilleros.

Cuando Gloria halló el sitio que le pareció adecuado y protegido de curiosos y viejos verdes, atrajo con suavidad a Seba, le desabrochó lentamente el short, hizo que él la desnudara a medias, y de inmediato dio comienzo al curso preparatorio que culminó en un coito, tan elemental y tan tierno, que Seba estuvo a punto de llorar. De alegría, claro.

A pesar de su inocencia, Seba tuvo la precaución de no comunicar su ficha (apellido, domicilio, familia, etcétera). Después de todo, sabía que ésas eran las reglas del juego.

El curso completo incluyó cinco clases, al cabo de las cuales Seba obtuvo de su ufana y generosa amiga el certificado de cándida destreza, y si el adiestramiento no se prolongó fue porque el padre de Seba, un tal Basilio Aceves, viudo prematuro, decidió cambiar de casa, debido a que la actual contenía demasiados recuerdos y añoranzas de su mujer, fallecida muy joven en un absurdo accidente de carretera. Basilio exageró el deseo de alejamiento y encontró una linda casita con jardín en el otro extremo de la ciudad.

Para despedirse cumplidamente de Gloria, Seba tuvo que esperar, a la hora del crepúsculo, a que ella volviera de atender a un cliente exigente, avaro y remiso. Lo cierto es que fue un adiós sobrio, pero con una buena dosis de sentimiento y gratitud.

Durante un par de años Sebastián mantuvo aquel estreno en el ordenado desván de su memoria. Sabía que algún día le sería útil en el desarrollo de su carrera amatoria.

En el nuevo barrio, Seba, comunicativo y bien humorado, hizo amistades de ambos sexos. Ya en época universitaria, su entrenada malicia le llevó a dejar varias novias en el camino. El padre no hacía preguntas; a lo sumo algún comentario irónico, que Seba recibía como una muestra de compañerismo, algo así como un intercambio entre muchachos. La viudez de Basilio y la orfandad de Sebastián los habían acercado, aunque rara vez mencionaran el nombre de la ausente.

El día en que Sebastián cumplió veintitrés años, Basilio le pidió que cenara en casa. «Te reservo una sorpresa. Ya verás.»

A medida que avanzaba la tarde, Basilio se fue poniendo alegremente tenso. Había encargado la cena conmemorativa en un restorán de cinco tenedores. Con un gesto de paternal condescendencia, sirvió dos whiskies, y a mediados del segundo la frase sonó como un disparo: «Sebastián, me caso».

Seba se levantó y, sin decir palabra, lo abrazó. A Basilio le brillaron los ojos. «Me hace feliz que te parezca bien. De todas maneras, podés estar seguro de que la imagen de tu madre permanecerá intacta entre nosotros. Pese a mis cuarenta y pico, ya era muy duro permanecer sin amor, sin un cuerpo en la cama. ¿Lo entendés, verdad?»

—Sí, claro.

A las ocho sonó el timbre y un Basilio exultante se puso de pie. «Seguramente es ella. Quise aprovechar tu cumpleaños para que se conocieran.»

Seba escuchó que se abría la puerta de calle. Diez minutos después entró el padre con una mujer todavía joven y atractiva, que examinó a Sebastián con una mirada que mezclaba el encanto con la turbación.

«Bueno, bueno», dijo Basilio. «Ha llegado el momento crucial de las presentaciones. Éste es Sebastián, mi único hijo. Y ésta es Carmela, mi futura.»

Como culminación de aquel trance épico, Basilio no pudo contener una carcajada nerviosa.

Pero Sebastián sabía (y ella también) que esta Carmela no era Carmela, sino la cautivante Gloria de sus quince abriles.

Amor en vilo

amor en vilo
la sospecha entreabre
su celosía

De golpe y porrazo entró en el exilio. Calles de verdad en las que no creía. Bajo el cielo plomizo, mujeres con rostros de arco iris. Esquinas de oscuridad con basura impecable, pero distinta. Ventanas que emitían cantos provocadores y mensajes obscenos. Qué laberinto.

En su pobre cuarto de pensión entró por fin el cielo, que de improviso se había vuelto azul con un cinturón de nubes espumosas. Eso le animó a instalarse mentalmente en su casa remota, nada menos que a doce horas de vuelo. El candor de su madre, el llanto de los sobrinos. Y luego los golpes groseros en la puerta, la invasión del espanto. La tortura corriente y otras profecías. La suerte o la conciencia, con su red de fantasmas. Y el puntapié final por sobre los océanos.

Se desperezó por fin y se metió en el mundo. El mendigo lo vio venir y no le tendió la mano pedigüeña. Sólo le dijo: «Aquí». Era su idioma y no lo era. Hasta los harapos eran otros. Le preguntó algo y el indigente le respondió algo. Luego dijo: «¿Vas a quedarte? Te echaron, viejo. Estás jodido, como yo. Si querés te presto unos pingajos para que me acompañes. Ah, pero no con ese traje dominguero. Me espantarías la clientela».

Le dejó unas monedas, le dijo gracias y se alejó casi corriendo, como si huyera de un futuro posible. Tenía las señas de dos compatriotas. Sabía cómo llegar. Caminando, claro. Dos horas más tarde pudo tocar el timbre en la puerta de Augusto. Pero la que abrió fue Pilar. Andaluza cien por ciento. «Soy Andrés, amigo y compatriota de Augusto. Ayer llegué de Uruguay.»

Pilar lo hizo pasar y lo ubicó en un sofá comodísimo. Luego le trajo un vaso con whisky y dos cubitos de hielo. «¿No está Augusto?» Sólo entonces ella se sentó frente a él, se frotó las manos y se animó a hablar: «Augusto murió. Hace un año, un paro cardíaco. Nada lo hacía prever».

Ante la crudeza de la noticia, Andrés se sintió repentinamente frágil. Se tomó la cabeza con las dos manos y estuvo a punto de perder el conocimiento. Cuando pudo hablar, sólo dijo: «¡Qué horrible!». Pilar le preguntó dónde se hospedaba, y luego, tal vez impresionada por el desánimo de Andrés, agregó con cierta cortedad: «Tengo una habitación libre. Si no encuentras nada mejor, puedes instalarte aquí, así sea transitoriamente».

Él agradeció, conmovido, y dos días después apareció con sus bártulos. El paso siguiente fue buscar trabajo. Pilar lo puso en contacto con Luis Pedro, que era el otro uruguayo que Andrés traía en su agenda. Gracias a él consiguió una chamba. Clandestino, por supuesto. Luis Pedro se dedicaba a traducciones del inglés, del alemán y del italiano, pero estaba agobiado de compromisos. Sabía que Andrés era un buen traductor de alemán y como coincidía con que esa lengua era la que menos dominaba, Luis Pedro empezó a pasarle lo que le llegaba en deutsch, derivándole la paga correspondiente.

Con alojamiento y trabajo resueltos, Andrés tuvo tiempo de ir conociendo Madrid y encontró que le gustaba. También su relación con Pilar, que empezó en gratitud y fue convirtiéndose en una sincera amistad, significó asimismo una terapia eficaz contra la soledad. Cada vez hablaban menos de Augusto y en cambio se fueron contando sus vidas, tan dispares. Andrés a veces se animaba a cocinar y Pilar elogiaba puntualmente sus progresos. Una tarde, cuando hablaban de un próximo menú, Pilar de pronto se calló y con un tono algo vacilante empezó a contarle: «Este barrio es de una chismografía muy desarrollada. Justamente hoy, mientras elegía yogures en el supermercado, una buena vecina me acercó el rumor de que nosotros dos, ya que vivíamos juntos, éramos amantes. Lo curioso es que no lo decían como crítica. Más bien les parecía lógico. Son jóvenes, dijo una. Y buena gente, dijo otra».

Andrés sonrió, enigmático, pero pudo preguntar: «Y a vos ¿qué te parece?». A Pilar se le llenaron los ojos de lágrimas. Luego se miraron intensamente, y en un impulso que fue recíproco, se unieron en un abrazo cálido, estrecho. También simultáneamente empezaron a desnudarse, con un poco de vértigo y otro poco de desesperación. Por fin los cuerpos expresaron deseos que tenían razón (y corazón) de ser.

Sin trabas ni prejuicios, el amor fue creciendo, consolidándose. Aun así, Andrés ordenaba sus nostalgias, soñaba las esquinas de allá lejos, reproducía rostros queridos, cielos con Vía Láctea, calles empedradas, miedos y conjuras.

Una tarde la televisión dio la noticia. No más dictadura en Uruguay. Volvió la democracia. Los exiliados pueden regresar.

¿Regresar? Pilar asistió junto a Andrés a la revelación. «¿Y ahora qué vas a hacer? ¿Vas a volver?»

Andrés no dijo nada. Patria o Pilar. Pilar o Patria. «Si regresara, ¿vendrías conmigo?»

Pilar tampoco dijo nada. Andrés o Madrid. Madrid o Andrés.

«Es tan difícil.»

Más tarde, mucho más tarde, en la fila 14 del vuelo 6841 de Iberia, Pilar advirtió que ahora era Andrés el que lloraba. «Quién sabe», dijo ella, y él, en un eco: «Quién sabe». Luego pensó en voz baja: «¿Será un amor en vilo?». Pilar dijo: «Eso nunca», y pareció esconderse en su calma, pero casi enseguida recobró su sonrisa y oprimió la mano de Andrés: «¿Qué te parece si en vez de amor en vilo, decimos mejor: amor en vuelo?».

Niñoquepiensa

Vino el Viejo y dijo basta cuando Mamá le contó con lujo de detalles el lío de la maceta lo dijo con la furia de costumbre y esos ojos saltones que tiene cada vez que en la oficina alguno de los malandras le arruina la digestión y después él viene y se desquita conmigo mandándome a la cama y aquí estoy despatarrado como un rey mirando las goteras del techo metiendo el dedo gordo del pie en el agujero de la sábana claro lo lamento más que nada por el flan que hizo la Vieja pero a lo mejor queda para mañana y es mucho mejor comerlo frío dijo basta como si la maceta fuera suya y era en cambio de la gorda de al lado la que tiene várices y también esa nena asquerosita que en la escuela se cree la mona sabia pero nunca se acuerda de la capital de Bolivia y yo en cambio sé todas las capitales de América primero Honduras capital Tegucigalpa después Venezuela capital Caracas después Nicaragua capital Managua total una maceta no es para tanto pero la Vieja claro tiene que adular a la gorda y llevar el cuento para que el otro chinchudo diga que soy imposible esto no puede seguir así vamos a tener que meterte pupilo como si yo fuera a tragarme esa milanesa y no supiera que la Vieja sin mí se vuelve loca por lo menos le dijo la otra noche a la tía Azucena si algo le pasa al nene yo memato memato memato pero claro ella tiene que lucirse con la gorda porque miran juntas la telenovela y lloran juntas y se desesperan y el Viejo se agarra cada luna porque en vez de hacerle la comida se pasan como una hora comentando te das cuenta qué sinvergüenza pero la institutriz tampoco es trigo limpio fijate que el mayordomo les había dado la cana en la glorieta pero el conde es tan bueno que se lo perdonó por la hija ma qué hija grita el Viejo quiero la sopa o me van a tener esperando hasta las calandrias griegas la macana es que hoy había fútbol y yo aquí despatarrado como un rey todo por querer explicarle a Cacho cómo había sido el gol del puntero izquierdo la maceta estaba tan disponible que la patié despacio nada más que para que entendiera el amague del penal y viene el centro saltan varios goooool la cama es una peste estoy aburrido aburrido aburrido cuando sea grande voy a quemar todas las camas y voy a comprar una pila de macetas para romperlas a patadas y ahora como anticipo podría romper la sábana haciendo fuerza con el dedo gordo pero capaz que después la Vieja ve la rotura y dice que fui yo y va con el cuento y mañana yo quiero comer flan y además tengo que ir al colegio porque van a dar cine para que después hagamos la composición sobre qué buenos son los padres jajá y la maestra que es bruta lora me sienta casi siempre con la niña Fernández pero a mí me gusta la niña Menéndez porque la niña Fernández es flor de naba y sostiene que el que copia no aprende pero ella no copia y tampoco aprende en cambio la niña Menéndez es lo más pierna y de una familia fenómena y platuda yo cuando sea grande quiero ser platudo y tener auto gratis y que me paguen el sueldo mientras paso flor de vida en Punta del Este pero en cambio mi primo Tito dice que a él le gustaría estudiar bailes clásicos y entonces el Viejo pone rostro de arcada y yo estoy aburrido aburrido aburrido y además tendría que ir al baño y el Viejo me dejó encerrado y a oscuras ojalá venga un apagón así ellos también quedan a oscuras ojalá se les pierda la llave y queden encerrados ojalá se le rompa a la Vieja una maceta así el Viejo la mete en la cama y se pasa aburrida aburrida aburrida y no puede ver la telenovela y yo vengo y le digo a que no sabés qué dijo el conde en la glorieta y hago el ruido de la puerta que se abre y de la pata de palo que se acerca y nada más o sea que tendrá que esperar a que venga la gorda y se lo cuente y cuando venga la gorda voy a hacerle fau a la nena asquerosita y ya va como media hora que estoy en la cama así que sólo faltan dieciocho horas y media y voy a ponerme a contar hasta un millón o sea unodostrescuatrocincoseissieteocho ya me aburrí pero también podría buscar algo para que lo pongan en penitencia al Viejo así que en cuanto tenga el teléfono a mano voy a llamar al Jefe para contarle que el Viejo estuvo hablando de él y dijo que era un imbécil un tarado un ladrón y otra cosa que no me acuerdo bien pero que sonaba algo así como cornudo.

Otras alegrías

El veterano Amílcar Ponce, novelista de fuste, con varios y relevantes premios a cuestas, nunca fue muy proclive a evocar, y mucho menos a transmitir, episodios de su pasado. Esta vez, sin embargo, se había mostrado más comunicativo. Él mismo se preguntaba por qué. Tal vez porque se veía muy poco con sus nietos y en esta ocasión, cosa extraña, estaban los tres juntos: Felipe, veinticuatro años, abogado; Marcela, veintidós años, psicóloga; Horacio, veinte años, músico.

Marcela abrió el fuego.

—Dicen que los viejos recuerdan mejor los días lejanos que los cercanos. ¿A vos te sucede eso?

—No sé qué ocurre con los viejos, pero en los muchachos de setenta y ocho años, como el suscrito, la memoria se vuelve más nítida en la lejanía.

—¿Por ejemplo?

—Por ejemplo, mi primera escapada, que fue un verdadero cóctel de gozo y de miedo.

—¿Qué edad tenías? —preguntó Felipe.

—Once quizás. En esa época vivíamos en el camino Garzón, a la altura de Casavalle. Empecé a caminar a las nueve de la mañana y a las once seguía caminando. Llegué a Colón, bastante agotado, y me quedé un rato sentado en la estación del ferrocarril, mirando las llegadas y las partidas de los trenes. La caminata me había despertado el apetito. Por fortuna pude conseguir un refuerzo de jamón y queso. Luego me fui internando por los caminos que quedaban detrás de la estación, o sea el lado pobre, casi miserable. Las casas más o menos suntuosas quedaban del otro lado. Por donde yo andaba no había líneas de teléfono. Eso me preocupó porque me habría gustado llamar a casa, pensando que la vieja, o sea vuestra bisabuela, a esa altura ya se estaría preocupando. Al pasar frente a una casita que era casi un rancho, con un techo de chapas de zinc, un tipo alto y flaco se me acercó. Vos no sos de aquí, dijo. A duras penas balbuceé: No. ¿Y qué hacés por este barrio? Nada. Me preguntó dónde vivía y se lo dije. ¿Viniste con permiso? No. ¿Sabés lo inquietos que deben estar tus viejos? Puede ser. Me tomó de un brazo, sin violencia, y así llegamos a una moto con sidecar, algo estropeada pero que aún funcionaba. Me ubicó en el asiento lateral y así arrancamos por Garzón hasta llegar a mi casa, esquina Casavalle. Le pedí que me dejara allí. Creo que le dije gracias. El hombre me sonrió, me tocó la cabeza, esperó que yo abriera la puerta del jardincito y sólo entonces arrancó de nuevo. Fue ahí que apareció mi madre y me preguntó dónde me había metido: hace como media hora que te estoy llamando, la comida está pronta y tu padre tiene que salir. O sea que mi modesta aventura no había provocado angustias. Todavía hoy recuerdo que me asaltó una mezcla de alegría y decepción. Alegría porque estaba de nuevo en casa. Decepción porque no me habían echado de menos.

Horacio consideró que era su turno.

—¿Te acordás, abuelo, de tu primer amorcito?

—Sí, claro. Tendría unos diecisiete años. Había un vecino cuarentón, arquitecto, que tenía una mujercita veinteañera y encantadora. Iba a menudo a visitarlos, pero sobre todo para disfrutar de esa linda presencia. Una tarde que estaba con ellos, el arquitecto recibió la visita de un empresario que quería encargarle una obra importante. Hice ademán de retirarme, pero ella me hizo una seña casi imperceptible, indicándome la ruta de la cocina. Allí me senté, lleno de expectativas. Ella sirvió café para su marido y el otro, que se habían instalado en el estudio. Luego vino a mi encuentro. Sin decir palabra me abrazó y ante esa tácita autorización la besé siete u ocho veces. Nada más. Toda una alegría.

—¿Y no sentiste ningún escrúpulo —inquirió Marcela— al besarla siete u ocho veces sabiendo que la muchacha era casada y el marido estaba allí nomás, pared de por medio?

—No, y ¿sabés por qué no? Porque yo a esa altura ya sabía que el arquitecto, todos los viernes, concurría a un apartamentito de Pocitos, donde fornicaba puntualmente con una mulata, bastante apetitosa, que era modelo de pasarela.

Felipe cerró el interrogatorio.

—¿Y alguna alegría relacionada con tu condición de literato renombrado? De adulto, claro.

—Digamos a mis cincuenta. Había despedido en el puerto a mi editor español y volvía a mi casa, en un taxi, un poco distraído, reflexionando sobre una modificación del contrato que ese señor acababa de proponerme. El chofer manejaba con prudencia, pero exactamente frente a la antigua Casa de Gobierno, en la plaza Independencia, el taxi que lo precedía frenó de golpe, y aunque el mío, tomado de sorpresa, también frenó, el choque fue inevitable, originándose las correspondientes abolladuras. Éstas incluyeron a mi inocente rostro, que, debido al impacto, se había estrellado contra un fierro cualquiera. El dolor no fue considerable, pero mi nariz empezó a sangrar. Los dos choferes no prestaron la menor atención a mi percance particular y aun cuando se hizo presente un policía de uniforme, ellos seguían discutiendo a los gritos. También se acercaron tres señoras, alarmadas al verme sangrar, y una dijo, con una voz muy aguda: «Hay que llamar a una ambulancia». Y la segunda agregó, asombrada: «Pero este señor es alguien muy conocido, a menudo aparece en la prensa y en la televisión». «Es cierto», dijo la tercera, «ah, pero cómo se llama». También ellas se habían olvidado de la ambulancia. Entonces se acercó el policía y con una mueca burlona, decretó: «Pero señoras, ¿no se dan cuenta de que es el novelista Amílcar Ponce, el famoso autor de *Nadie, nada y nunca*?». Las buenas señoras enrojecieron de súbita y merecida vergüenza, y yo, a pesar de la sangre que manaba de mi nariz, más pugilística que cleopátrica, me sentí invadido por una alegría rigurosamente profesional.

—*Bravissimo* —dijo Horacio a media risa.

—Nada de *bravissimo* —dijo Marcela, conmovida, mientras se enjugaba un lagrimón de rimmel.

—Abuelo —dijo Felipe en pleno abrazo—, te aseguro que el trastazo te dejó la nariz mejor que la del Papa.

Vislumbres

En los últimos tiempos su obsesión era escribir una novela, pero todos los temas que se le ocurrían adolecían de brevedad. Para sobreponerse al desánimo, dejó que el insomnio le abriera caminos, y una noche creyó encontrar un fecundo recodo del azar. En sus casi cincuenta años había asistido a innumerables peripecias ajenas, a aventuras riesgosas que llegaron a conmoverle como testigo, implicado o no, pero sensible al dolor o la euforia de otros. Empezó por anotar nombres claves, que eran como rótulos de historias o etiquetas de cronicones; a veces, como memorias recuperadas.

La primera vislumbre se llamó Elisa M. De extracción muy modesta, pudo sin embargo estudiar Arquitectura y se recibió con estupendas calificaciones. En los dos primeros años dirigió la construcción, frente al mar, de cuatro edificios de varias plantas, en uno de los cuales se reservó un apartamento. Se sentía feliz, realizada, exultante. Así, hasta una noche en que la despertó un terrible estruendo y un pánico repentino la lanzó a la calle. La realidad la sacudió sin piedad. Uno de los edificios que tenían su sello personal se había desplomado, y la zona estaba invadida por policías, bomberos y un enjambre de curiosos. Elisa alcanzó a distinguir entre escombros varios cuerpos, unos que ya eran cadáveres y otros sangrantes heridos. De pronto cayó de rodillas y lloró sin consuelo. Se sintió asfixiada por una mole de culpas. Seis años después de aquella desgracia, el aspirante a novelista pensó que acaso podría elaborar una novela con Elisa como agobiada narradora, en primera persona, de las traumáticas historias de siete u ocho sobrevivientes. Pero descartó la tentación. Le pareció que cada convalecencia iba a ser demasiado parecida a las otras y que a medio camino cualquier lector abandonaría el libro con indiferencia.

La segunda vislumbre se llamó Ricardo J. Desde la adolescencia su vocación primordial había sido el mar, vale decir ser marino, pero apenas si se recibió de náufrago. Aferrado a un tablón providencial y con su barco ya en la lejanía, llegó casi muerto a una isla, para él desierta y sin nombre. Pasó dos o tres jornadas tendido semiinconsciente en la arena y sólo el hambre y la sed lograron reanimarlo. Se incorporó, primero a medias, luego pudo enderezarse y hasta hacer un balance visual de los alrededores. A pocos metros de la costa empezaba un bosque bastante compacto, con árboles y arbustos que nunca había visto, ni siquiera en sueños. Trabajosamente empezó a caminar y comprobó que algunos de esos árboles extraños tenían frutos jugosos. Arrancó algunos y se dedicó a morderlos con la furia del hambre. Estaba desnudo, pero con grandes hojas y unas lianas resistentes se hizo una suerte de taparrabos. Por fortuna hacía calor, quizá demasiado. Cuando los frutos le dieron suficiente energía, pudo al fin trepar a un árbol, el más alto que encontró. Desde allá arriba miró y miró, pero no había otra cosa que bosques y más bosques. Pasaron días y noches y perdió la noción del tiempo transcurrido. Así, hasta que una mañana despertó y se encontró con que dos tipos, ambos de uniforme, le estaban mirando. Le hablaron en una lengua para él ininteligible. Les contestó en español, luego en inglés y en esa franja neutra pudieron entenderse. De pura casualidad, un barco había encallado en aquella zona tan poco navegable y los dos marinos habían llegado en un bote para ver si aquella tierra tenía habitantes. Encontraron a Ricardo, se lo llevaron y tres días más tarde el barco pudo seguir su ruta. Seis meses después de haberlas abandonado, Ricardo llegó de nuevo a sus viejas orillas. Durante largo tiempo fue la estrella del café Bristol, donde narró cien veces su odisea, salpicándola, por supuesto, con coletillas de su imaginación, para hacerla menos aburrida. Como tema de novela fue desechado. Los naufragios son más bien tediosos.

La tercera vislumbre fue la de Norberto. Su salud no era de roble. Varias veces estuvo ingresado en sanatorios. Nunca perdió el humor. Lector empedernido, de cada lectura extraía siempre algún fragmento divertido. De Esquilo o de Shakespeare, de Quevedo o de Borges, de Goethe o de Espínola, de García Márquez o de Guillén. Llevaba una nutrida agenda de humor y cuando llegaban los amigos al sanatorio o a su habitación de enfermo, entre trago y trago los apabullaba con chistes extraídos de lo que él había bautizado como la Bibliografía de la Joda. A medida que su vieja e incurable dolencia lo fue consumiendo, los chascarrillos decrecieron y sobre todo fueron perdiendo su gracia. La noche en que llegó a su final, el mejor de sus amigos le oyó balbucear: «Lo dijo Pessoa: la muerte es acordarnos de que olvidamos algo». ¿De qué se habrá acordado este memorioso al traspasar su última frontera? El novelista en ciernes llegó a pensar que se podía escribir una novela con la invención de esos olvidos. No supo admitir si le faltó imaginación o le sobró cortedad, pero lo cierto es que la novela acabó antes de su comienzo.

La cuarta vislumbre trajo un cambio sustancial. Esta vez se trataba de Camila B. El narrador ansioso quedó impresionado por su mirada inteligente y su paso firme y decidió arrimarse a su vida. Vio que abría con su llave la puerta de un estudio del quinto piso, y se sentaba frente a una computadora de último modelo. La encendió y empezó a entenderse con el teclado. Estaba tan absorta que no advirtió la presencia no autorizada del curioso, pero cuando éste se atrevió a preguntarle para qué le servía ese «aparatito», ella, sin mirarlo, le contestó que para escribir cartas.

«¿Y se puede saber a quién le está escribiendo ahora?» «Sí, claro. Como todos los días, le estoy escribiendo a Dios.» A él, aquella revelación le abrió el cerebro. Apenas si dijo adiós y se fue a casa casi corriendo. Se sentó frente a su escritorio, extrajo del segundo cajón la carpeta de sus proyectos, casi todos frustrados, y comenzó allí mismo a escribir la ansiada novela. Y lo más importante es que ya tenía el título: *Dios y otros valores declarados.*

Dialéctica de mocosos

—¿Nunca?

—Nunca.

—Para vos ¿qué significa la palabra nunca?

—Jamás.

—Ah, no. A mí «jamás» me parece mucho más categórico, negativo.

—Yo los veo como sinónimos.

—A ver si me entendés. Pensá en la palabra «siempre».

—Pienso.

—Tratá de encontrarle un sinónimo. No meras aproximaciones, como «permanentemente» o algo por el estilo, sino un sinónimo puro, certero, incanjeable.

—No lo encuentro.

—¿Viste? Si «siempre» no tiene un sinónimo puro, tampoco va a tenerlo «nunca», que es su oponente.

—¿Y «jamás»?

—Es una aproximación, apenas eso.

—¿Cuántos años tenés?

—Trece. ¿Y vos?

—Doce y medio.

—¿Y por qué tenés siempre cara triste?

—Será porque estoy triste.

—¿Nunca estás alegre?

—¿O jamás?

—He dicho nunca.

—¿Y cuándo empezaste a estar triste?

—La primera vez que la vieja me llevó al shopping. Es muy desalentador ver tanta gente que mira y no compra.

—Yo he ido pocas veces, pero recuerdo que un sábado encontré a un viejo, como de treinta años, que no sólo miraba sino que también compraba.

—Sería un turista.

—Puede. En pleno verano se compró una bufanda y todos empezamos a sudar. Y eso que yo jamás sudo.

—¿No sudás nunca?

—Dije jamás.

—Sorry.

—Pero ¿qué es lo que te da tristeza?

—Ver a la gente tan abandonada (aunque vayan de a dos) enfrentándose a las vidrieras como si contemplaran una camisa, cuando en realidad están usando el cristal como espejo.

—¿Vos te mirás?

—¿Para qué? Ya me sé de memoria.

—Te aseguro que hay gente que compra. O por lo menos entra en algún puesto.

—Sí, entran al boliche de una gran confitería, y al rato salen chupando un caramelo.

—Y bueno, la tristeza es dulce.

—También me entristece ver a las empleadas, todas planchaditas, mirando con ansia a los muchachos de atuendo deportivo que recorren invictos las avenidas del shopping.

—¿Ansia o seducción?

—Cuando el ansia es invasora no queda sitio para la seducción.

—Qué frasecita, eh. ¿Sabés lo que ocurre? Lo que ocurre es que vos, además de triste incurable, sos un pesimista del carajo.

—¡Si tu abuela te oyera ese vocabulario!

—Bah, mi abuela es más posmoderna que vos y que yo. A menudo dice palabras como pelotudo, mierda, coño, hijo de puta, enchufe.

—Enchufe no es mala palabra.

—En su caso sí lo es, porque la dice escupiendo.

—¿Jugás al fútbol?

—Por supuesto. Soy golero.

—¿Te han metido algún gol?

—Nunca.

—¿O jamás?

—No, aquí sí es nunca, porque una sola vez me metieron un gol pero fue de penal.

—¿Qué vas a ser de grande? ¿Futbolista?

—No, ingeniero, como mi viejo. ¿Y vos?

—Deshonesto.

—¿Como tu viejo?

—Sí, pero un poco más profesional.

—¿No tenés miedo de caer en cana? ¿Nunca?

—Jamás.

El idilio del odio

Ése es el título de la pieza teatral del norteamericano Norman Suderland, que llegó a Buenos Aires precedida de un éxito clamoroso en Estados Unidos y en Europa. Tiene sólo dos personajes, Dick y Bob, cuya relación se desarrolla en cinco partes. No actos sino partes, aclara siempre el autor no se sabe bien por qué.

El comienzo informa de una amistad entrañable, que se remonta a los años de escuela. En el correr de los actos, o partes (en realidad, años), van compareciendo hechos, o simples rencillas, o enfrentamientos ideológicos, o diferencias políticas, todo lo cual va enrareciendo el antiguo vínculo. El último episodio alcanza un clima tan violento que, en un estallido de odio compartido, Dick mata a Bob, en realidad lo estrangula, segundos antes de que baje el telón.

A tal punto el desenlace es convincente, que cuando el telón vuelve a alzarse y Dick y Bob saludan, tomados de las manos, al público le cuesta un poco asumir aquel cambio, aunque un minuto después prorrumpa en una ovación que dura un buen rato y provoca nuevas salidas de los protagonistas. También en Buenos Aires el espectáculo conquistó al público y a la crítica. Los cronistas teatrales encomiaron la puesta en escena de Medardo Aguirre y destacaron especialmente las interpretaciones de Asdrúbal Montes (Bob) y Manuel Escalada (Dick).

La noche en que cumplieron cincuenta funciones, y tras las ovaciones que esta vez habían sido, con motivo de las cincuenta, más entusiastas que de costumbre, Escalada tomó del brazo al director y le dijo que quería hablar con él a solas.

—¿Qué pasa? —preguntó Aguirre al advertir el gesto grave del actor.

—Oh, nada serio. Simplemente que a partir de la próxima función no seré Dick.

A Aguirre la noticia lo tomó tan de sorpresa que dio un respingo.

—¿Y eso? ¿Querés un aumento? ¿Te aburriste del texto? ¿Se enfermó tu madre?

—No. Ya te explico. ¿Viste que la crítica basa sobre todo sus elogios en que Asdrúbal y yo nos hemos compenetrado con los papeles de Bob y Dick? Es absolutamente cierto. El problema que enfrento es que me he compenetrado tanto con el papel de Dick, que cada noche siento más odio hacia el papel de Bob. Entendelo bien: no hacia Asdrúbal, que es mi amigo, sino hacia el personaje que interpreta. Mi asunción de Dick es tan intensa, que cada noche siento que estoy al borde de estrangular de veras a Bob, o sea a Asdrúbal. Sin ir más lejos, tengo la impresión de esta misma noche tan especial. Sólo aflojé la presión de mis manos como garras cuando advertí en la mirada de Asdrúbal un principio de angustia.

—¿Y qué me proponés? ¿Vas a ser responsable de una bajada de escena en pleno éxito?

—No. Ya lo he pensado. Podemos tomarnos una tregua de tres o cuatro días y luego volver con un cambio importante: que Asdrúbal haga de Dick y yo de Bob. Y te propongo esto porque estoy seguro de que Asdrúbal no me estrangularía.

—Bueno —dijo Aguirre después de un silencio—. Por lo menos estaremos en escena por cincuenta funciones más. Eso sí, cuidate y cuidá tu cogote. Por lo que veo, Dick es un personaje muy invasor.

Casa vacía

Después de tantos años, me encaminé con una moderada expectativa a la casa vacía. El Abuelo, que llevaba varios años de viudez finalmente asumida, me la había dejado en su testamento, con la expresa condición de que no la pusiera en venta; más aún, de que me instalara en ella.

Antes de decidir si iba a obedecer o no esa última voluntad, quise volver, en una mera visita de inspección, a aquel albergue que en cierto sentido también había sido mío. Gracias a la amable gestión de un vecino, que fuera buen amigo del Abuelo, tan amigo que tenía una llave de la casa, dos laborantes de toda confianza se habían encargado de una limpieza a fondo, de modo que cuando traspasé el veteado umbral de mármol, me encontré con una prolija casa vacía. Vacía de personas, claro, pero no de mobiliario, cuadros, lámparas, apliques.

Me acomodé en un sillón de balance y desde allí empecé mi revisión. Verdadera calistenia de la memoria. En la tercera gaveta del armario el Abuelo guardaba celosamente elementos de su vida en dibujos, apuntes, fotografías. Había una de éstas, cuyo original en blanco y negro se había transformado con los años en pajizo y sepia.

Allí estaba el Abuelo, cuando niño, rodeado de familiares, en un puerto de Italia, no sé cuál, todos con expresión de angustia porque habían llegado tarde y el barco había partido sin ellos. Junto con esa imagen y unida a ella con un ganchito, había otra foto, tan vetusta como la otra, también con el Abuelo niño, rodeado de familiares en el mismo puerto, pero esta vez con caras de satisfacción porque se habían enterado de que aquel barco que habían perdido meses atrás había naufragado en pleno Atlántico. Alargué un brazo y las fotos seguían allí, tal vez para que no olvidáramos aquella indigna euforia.

Frente a mí había un sofá algo apolillado que todavía conservaba un marchito recuerdo de su verde primario. Allí solía sentarse el Abuelo a leer los diarios de la mañana. Aquello era un rito tan obligatorio como el mate amargo. De vez en cuando hacía un alto en la lectura para introducir un comentario como «no puede ser» o «hijos de putas» o «qué maravilla». Si advertía mi hasta ese momento ignorada presencia, me apuntaba con el índice y decía: «Vos no me hagas caso». Pero yo sí le hacía caso. Sus esporádicas aleluyas se me borraban, pero en cambio no se me olvidaba ninguna de sus imprecaciones, que pasaban a integrar mi diccionario privado.

De pronto sentí necesidad de levantarme para completar el inventario y mis consiguientes visiones. Allí, a pocos pasos, estaba el dormitorio, con su gran lecho nupcial, del que yo siempre elogiaba su magnitud, al punto de crear la siguiente etiqueta: «Cama especial, con verificada capacidad para marido, esposa y amante».

Como mis padres habían encontrado una muerte prematura en un accidente de carretera, yo viví toda mi infancia con el Abuelo. Luego me independicé, alquilé un apartamento más bien minúsculo, y fui estudiante, siempre sostenido, vigilado y financiado por el Abuelo, que solía estar metido en negocios más o menos complicados (siempre legales, no piensen mal) y en esos períodos me pedía que le cuidara su querida vivienda.

Yo estaba terminando el tercer año de Universidad cuando conocí, un poco por azar, a una guapísima chiquilina alemana que quería practicar español. Y vaya si lo practicamos, en todas sus ramas y desarrollos. Una tarde le sugerí que recapituláramos una clase práctica en casa del Abuelo, que precisamente en esos días estaba en México. Aceptó y allí fuimos. Fue mi estreno del famoso lecho nupcial, en el que de seguro había sido concebido mi pobre padre.

La alemana no podía creer que existiera en el para ella enigmático Occidente una cama tan amplia y con tantas posibilidades amatorias. Pues existía. Y la berlinesa y yo la honramos con la más creadora de nuestras lecciones bilingües.

Ahora, tantos lustros más tarde, cuando ya no está el Abuelo porque el último de sus viajes fue sin regreso, yo y mi memoria nos tendemos en el lecho mayúsculo. No puedo dejar de pensar en el artículo alusivo del testamento del Abuelo. Por fin mido con optimismo erótico mi futuro y tomo una decisión. Voy a quedarme con este confortable y estimulante lecho. Y de paso, aunque importe mucho menos, con el resto de la casa vacía.

Aniversario

—Mirá cómo llueve.

—Qué diluvio.

—Justo hoy, que hace treinta años que nos casamos. ¿Te acordabas?

—Por supuesto que me acordaba.

—Como no dijiste nada.

—¿Para qué? Es un día como cualquier otro.

—Ni tanto ni tan poco. Un poco de sentimiento no le viene mal al almanaque.

—Bah.

—¿Estás tan desilusionada?

—No sé si es desilusión. Mirá que no te echo ninguna culpa. Simplemente, me siento a apreciable distancia de la que fui, de la que era, casi te diría de la que soy.

—Mi vieja, los años pasan. Sería un poco absurdo creer que el paso del tiempo no nos afecta. Yo mismo, algunas noches, me aletargo en un interminable insomnio, y me pongo a repasar las luces y las sombras de un itinerario que yo no programé pero que alguien, vaya a saber si Dios o un azar insolente, programó para mí. Durante una hora o dos respiro ese desconsuelo, hasta que al fin me duermo como último recurso.

—Cuando veo que estás despierto a medianoche, también me desvelo, y así seguimos, uno junto al otro, sin tocarnos ni preguntarnos ni necesitarnos.

—Es lamentable, pero qué vamos a hacer.

—Decime, Aníbal, ¿vos siempre me fuiste fiel?

—No.

—Lo sabía. La infidelidad pone un velo en los ojos, otro olor en el cuerpo, un pozo de silencio.

—Y vos ¿me fuiste siempre fiel?

—Tampoco.

—¿Y qué te dejó esa explicable mezquindad?

—Poca cosa. El tipo no entendió nada. Se creía un seductor universal. No demoré mucho en hartarme de esa arrogancia.

—¿No tuviste algún prurito de conciencia?

—No exactamente. Más bien cierta pereza en afrontar futuras dificultades. Lógico. Y en tu caso ¿cómo era ella?

—Hermosa como modelo de pasarela, pero estúpida como secretaria de gerencia.

—¿Duró mucho?

—Apenas seis meses. A los cuatro ya estaba harto, pero me costó decidirme. Dos meses después cobré valor y encontré que la forma más expedita y con menos diálogos inútiles, era darle una bofetada. Y se la di. Santo remedio. Me miró con sorpresa y con rabia y me dijo: «Mientras no me pidas perdón, no volveré a verte. ¿Entendido?». Entendido. O sea que nunca le pedí perdón.

—Ahora yo también te pregunto si no te sobrevino un prurito de conciencia.

—Puede ser, pero fue transitorio como una gripe. A la semana me quedé sin prurito.

—Más de una vez me he preguntado, después de tantos malentendidos y pasajeras traiciones, ¿a qué se debe que sigamos juntos? No hay hijos ni otros graves condicionantes. ¿A qué se debe entonces?

—Yo diría que es un penoso juicio sobre las relaciones humanas. Están viciadas desde siempre. Desde Adán y Evita. A veces creemos que el amor las va a salvar. Pero el amor es una errata.

—¡Carajo!

—Eso mismo: carajo. En nuestro caso, yo diría que seguimos juntos porque la soledad es una porquería.

—Tenés razón.

—Mi vieja, yo diría que el resultado de este sesudo análisis de nuestros treinta años de convivencia es que debemos continuar juntos.

—Continuemos, pues.

—¿Qué te parece si nos vamos a la cama? El diluvio me ha puesto cachondo. Más te digo: este objetivo intercambio me ha despertado el deseo.

—¿Qué deseo?

—El sexual, tonta.

—A mí también. Qué raro, ¿no?

Viejo huérfano

A los ochenta y dos años, los sueños forman parte de la vida; son probablemente su zona más activa. En la realidad, uno camina con lentitud, las piernas torpes y pesadas; en el sueño, uno corre, salta vallas, dice alegres disparates. En la realidad, uno esconde sus rabias, que se refugian en el hígado; en el sueño, uno propina certeras trompadas al enemigo de ese minuto. En la realidad, uno mira con envidia a los que bailan; en el sueño, uno baila.

En mi capítulo onírico más asombroso, yo estaba en una estación de ferrocarril y el tren apareció con sus bufidos de siempre, y quedó, provocativo frente a mí, el primer vagón de la primera clase. Yo había adquirido ese pasaje de privilegio sólo por curiosidad: quería comprobar qué gente de pro, sobria o borracha, disfrutaba de esa prerrogativa. Ascendí, con la ligereza de la alucinación, y en el segundo vagón había un grupo de infantes que sostenían una larga pancarta: Huerfanitos de Santa Catalina. ¿Dónde quedaría eso? No me importaba. Los niños parecían felices, jugaban a los manotazos y la cuidadora los hacía reír, aunque de vez en cuando les dedicaba uno que otro coscorrón. La escena no me sirvió para evocar mi propia infancia. Sólo pensé: «Soy un viejo huérfano, sin cuidadora y sin Santa Catalina».

Recorrí dos vagones más y en el segundo me encontré con la bendita sorpresa. En el último asiento, junto a la ventanilla, estaba mi padre, bien entero, todavía maduro, sin canas y casi sin arrugas. Concienzudamente me olvidé de que treinta años atrás había asistido llorando a su velatorio.

Como el asiento contiguo estaba libre, allí me situé, le puse una mano sobre el brazo y dije: «Hola». Casi de inmediato él dejó de mirar el paisaje para mirar ese otro paisaje que era yo. Entonces abrió tremendos ojos, después esbozó un gesto de estupor, que se fue ampliando hasta convertirse en su clásica y rotunda sonrisa del siglo pasado. Y dijo: «Qué bueno encontrarte aquí, en medio de este viaje hasta ahora bastante tedioso. Qué lindo. Te confieso que en el primer momento tuve la impresión de que era un sueño».

La tristeza

somos tristeza
por eso la alegría
es una hazaña

La tristeza

No hay tristeza que no lleve en su entraña
rúbricas de aleluya / sin embargo
con la mala conciencia no se juega
ni siquiera en las noches de los sábados

ni en el brumoso encuentro con el llanto
la desdicha se acerca a lo que quiere
con la mala conciencia no se juega
ni en la plegaria ni en las maldiciones

no hay tristeza amputada de esperanza
ni alegría sin ásperos presagios
la pobre vida es una encrucijada
de regocijos y fracasos

La tristeza

Para el bueno de Emiliano, el gran enigma de sus treinta y cinco años era la tristeza. En su trayectoria, normal, sin sobresaltos, no encontraba motivos para ese estado de ánimo. Aplicado alumno en Primaria, buen estudiante en Secundaria, título de abogado sin perder ni un examen, asesor bancario. Nunca se destacó como mujeriego, pero sus diez años de relación con una compañera tierna y comprensiva lo dejaban más que conforme. No había sido propenso a las rabietas ni a las depresiones y ni siquiera al consuelo religioso. La tristeza, calma pero estable, lo acompañaba hasta en los sueños. Nunca lo habían asaltado euforias oníricas. Dormirse o despertarse era reincorporarse a su personal estilo de grisura. Comprendía que su tristeza era gratuita, pero no conseguía superarla.

No obstante, un día experimentó una extraña mutación. Todo empezó con un dolor intermitente en el costado, a la altura del páncreas, y como iba en aumento, él, que nunca iba al médico, decidió consultar a uno que le inspiraba confianza, entre otras cosas porque había sido su compañero de liceo.

Después de las salutaciones y los cumplidos del reencuentro, el doctor Suárez lo examinó durante casi una hora. Por fin se recostó en su butaca profesional, y Emiliano advirtió que su expresión no era demasiado estimulante.

—Todavía es prematuro para diagnosticar nada —le dijo—; vamos a practicar todos los exámenes y pruebas que sean necesarios, pero desde ya me atrevo a anunciarte que puede tratarse de algo serio, bastante serio.

—¿Serio como qué? —preguntó Emiliano.

—Voy a serte franco: serio como un tumor maligno. Pero todavía no te alarmes. Hay que esperar. Y cuando estén los resultados, ya veremos qué decisión tomamos.

Durante tres o cuatro días, Emiliano concurrió a laboratorios y clínicas para someterse a exámenes, radiografías, tomografías, etcétera. Antes de conocerse los resultados se produjo una inesperada novedad. Por primera vez en su vida gris, Emiliano fue invadido por la alegría. Sintió que la cercanía de la muerte era una reivindicación y confirmación de la vida. Durante los días de una espera que para cualquiera habría sido angustiosa, la compañera y los amigos de Emiliano asistieron a sus risas, a rasgos de humor inesperados.

Cuando llegó el día de visitar nuevamente a su amigo médico, éste lo recibió con un abrazo.

—Enhorabuena, Emiliano. No me avergüenzo de confesarte que en mi pronóstico profesional estuve totalmente errado. Estás saludable como un roble; por supuesto, como un roble sano. Tengo la impresión de que vas a vivir por lo menos hasta los noventa. No sabés cómo me alegro de haberme equivocado. Felicitaciones y otro abrazo.

Emiliano le agradeció al amigo su bien fundado optimismo y salió a la calle algo desorientado.

Sólo cuando estaba llegando a su casa se dio cuenta de que otra vez lo había invadido la tristeza.

Huellas

En el archivo de las fichas policiales, aquella huella digital estaba a oscuras y se encontraba sola, abandonada. Sentía nostalgia de su mano madre, y sus líneas finas, delicadas, eran como un escorzo de su tristeza. Por eso, cuando se encendió la luz y alguien colocó a su lado una nueva huella, tal irrupción generó una alegre expectativa.

Una vez que el funcionario apagó la luz y cerró la puerta, la huella primera se atrevió a decir:

—Hola.

—Hola —respondió con voz ronca la recién llegada.

—Qué suerte que viniste. A esta altura, la soledad ya me resultaba insoportable. ¿De qué pulgar venís?

—De la mano de un periodista. ¿Y vos?

—Fuerzas represivas.

—Dura tarea, ¿no?

—¿Por qué lo decís?

—Torturas, bah.

—Se habla y se publica mucho, pero no siempre es cierto.

—¿Nunca?

—A veces sí. Reconozco que mi pulgar siguió un curso intensivo de picana.

—¿Cuál es tu mejor recuerdo?

—Si te voy a ser franco, cuando nos encomendaron tareas administrativas. Allí no había llantos, ni puteadas ni alaridos. ¿Y el mejor recuerdo de tu pulgar?

—El tacto de cierto ombliguito femenino. Una colega francesa y el dueño de mi pulgar estuvieron cubriendo los Juegos Olímpicos con variantes de yudo que los dejaron bastante complacidos.

—¿Por qué te tomaron la impresión digital?

—Renovación de cédula. ¿Y a vos?

—Tres años de arresto. Derechos humanos, comisiones de paz, desaparecidos, todas esas majaderías.

—Y aquí ya ves, todos iguales.

—¿Qué nos queda?

—Resignarse. Mi pulgar era ateo.

—Mi pulgar en cambio era creyente.

—Eso no importa. Después de todo, la mano de Dios no deja huellas.

Realidades que se acaban

Llega un momento en que cualquier realidad se acaba. Y entonces no hay más remedio que inventarla. Por ejemplo, la infancia suele terminar de sopetón con algún juguete destrozado, o con la muerte entrañable y cercana de un perro o de un abuelo. Y entonces hay que volverla a concebir, aunque ya no se tengan siete sino treinta años o setenta. Si un amor concluye intempestivamente, es urgente improvisar otro, ya que sin amor los resortes de la cotidianidad se oxidan. Y si llega el eco de otro amor vacante, disponible, hay que cazarlo al vuelo. Mejor dicho, abrazarlo al vuelo, besarlo, acariciarlo, penetrarlo.

La primera señal de que una realidad se acaba es el estallido del silencio, la detonación de la soledad. La última señal, en cambio, es el fogonazo de la muerte. Ese cruento final de la realidad es inapelable. Y no es posible inventar otra, porque en el vacío, por augusto que sea o nos hayan prometido que va a ser, no existe la invención. Cuando esa realidad cierra su paréntesis, la nada no abre ningún otro. Ni siquiera nos vamos a dar cuenta de que el mundo se ha callado.

Uno de mis mejores amigos, Medardo Vázquez, está escribiendo un libro sobre el fin de las realidades.

Aunque sólo cuenta las propias, ya ha registrado ocho. Dice que la que le dejó más huellas fue una con prisión.

Su realidad era el calabozo. Y en el calabozo no había nadie más. De todos modos había creado varias trampas o falsas motivaciones para forzar a la realidad a que no se diera por vencida. Se miraba las manos: aprendió de memoria todas las coyunturas, los nudillos, las uñas, las palmas, la mano como puño, como aplauso, como basta, como alerta, la línea de la vida, el meñique, la eminencia hipotenar. Se miraba las piernas y los pies, sus bisagras, sus várices, los tobillos, el callo plantal. Se miraba el sexo, que por supuesto conservaba su memoria, y ante aquel privilegio inactivo, lo invadía una congoja tan privada que no sentía vergüenza de llorar.

En la celda no había espejo, así que no podía recuperar su rostro. A veces conseguía una apenas borrosa imitación al mirar el ya vacío plato de lata en el que le habían traído la infame sopa de siempre, pero aquella cara entre charcos de caldo se parecía más a la de su padre en su lecho de muerte que a la que él imaginaba como propia y actual.

Era consciente de que cada vez le iba quedando menos realidad. Entonces decidió hacer huelga de hambre. Durante días y noches arrojó al inodoro la puerca ración obligatoria. Se fue debilitando, por supuesto. Las manos, tan recorridas, se le volvieron puro hueso. Sólo engordaron las várices de las piernas. Una mañana sintió que se desmayaba. No tuvo idea de qué tiempo había pasado entre aquel cerrar de ojos y el abrir renovado de los mismos. Lo primero que vio fue el rostro de su mujer, que sonreía. De a poco fue recorriendo las blancas paredes de una habitación francamente acogedora. Frente a su cama estaba colgado un cuadro, que podía ser una reproducción de Figari. Pero de todos modos aquello no era un calabozo.

—¿Cómo te sentís? —preguntó ella.

Él respondió con otra pregunta:

—¿Qué pasa? ¿Ya no estoy preso?

—Nunca estuviste preso —dijo ella—. Eso lo has soñado, me parece.

—¿Cómo que no estuve?

—Tuviste un grave accidente en carretera. Pasaste diez días en coma. Hoy por fin te dieron de alta.

Medardo se miró las manos (las piernas y el sexo no, porque estaban cubiertos por la sábana) y no estaban huesudas.

—¿Lo del calabozo habrá sido un mal sueño y ahora es verdad que estoy contigo, o esto será un sueño y despertaré en el calabozo?

La fresca y sonora carcajada de la mujer lo convenció por fin de que la otra realidad (la no real) se había acabado. Así y todo cerró los ojos y los volvió a abrir. Pero no estaba el calabozo sino su mujer que lo besaba despacito, con cariño y cautela.

Sobre pecados

Pecar tiene casi siempre un atractivo inesperado. Por ejemplo, ¿hay algo más entretenido que el adulterio?

Así especulaba Hermógenes Castillo en su iluminado despacho de director de empresas. Eran las once de la mañana. Por el amplio ventanal entraba un sol espléndido y no tenía sobre la mesa ninguna iniciativa que reclamase con urgencia su decisiva opinión. A los diez años de casados no se llevaba mal con su mujer, que era guapa, inteligente y eficaz (pujante secretaria de un *holding* de modas). No obstante, a él siempre le había gustado coleccionar breves infidelidades, que normalmente sólo abarcaban dos o tres tardes de hotel, o en ciertos casos especiales, la confortable estancia en un apartamentito clandestino.

Siempre había tenido buen cuidado de no enamorarse de alguna candidata e igualmente se cuidaba de que ninguna de ellas se enamorara de él. A menudo pensó que el mandato del adulterio debía haber figurado como undécimo mandamiento de la ley del Señor.

Como el transcurso del ocio no le resultaba nada estimulante, salió a almorzar más temprano que de costumbre, y en el restaurante de siempre, mientras esperaba la llegada del solomillo, examinó detenidamente su agenda y llegó a la conclusión de que hoy sería bueno llamar a María Julia para concertar un atardecer de hotel. Sobre todo lo estimuló acordarse de que hoy su mujer regresaría más tarde, ya que debía visitar a su madre, que convalecía de una ablación de seno.

Telefoneó pues a María Julia, pero sólo le respondió un intratable contestador automático. Vuelta a la agenda. Jorgelina. No estaba mal. Se desenvolvía en el empalme sexual mejor que cualquier otra. Llamó y esta vez lo atendieron. Jorgelina, tras una corta vacilación, dijo que sí. Ésta era una ocasión especial para usar el apartamento, de modo que allí confluyeron a las seis de la tarde.

Hermógenes disfrutó como otras veces de aquellos pechos florecientes y de un lindo trasero, y una hora y media más tarde, luego de los besos finales, ya un poco desganados, él se duchó para evitar toda huella culpable, montó en su Peugeot, dejó a Jorgelina en su domicilio y se encaminó al respetable hogar, donde lo esperaba una sorpresa.

En la puerta del refrigerador había una breve esquela sujeta con dos cintas adhesivas: «Perdón, marido, por esta noticia. Durante diez años sé que conmigo te aburrías un poco y te confieso que yo también me aburría otro poco. No es un motivo grave, pero decidí concluir con esta contemporánea versión del tedio. ¿Te acordás de Fermín, el empresario de Córdoba? Bueno, hace ya un tiempito que nos vemos (y nos tocamos) y por fin decidimos vivir juntos. Por favor, no nos busques, porque hoy mismo nos vamos a Roma e ignoro cuándo regresaremos. Como sabes, Fermín es muy pudiente y tiene su dinero a buen recaudo, así que viajaremos mucho y por consiguiente no nos aburriremos. Ah, mi madre sigue mucho mejor. Chau, Andrea».

Abrió de todos modos el refrigerador, extrajo varios cubos de hielo y se sirvió una generosa y reparadora porción de whisky. Luego se acomodó en el sofá más amplio de la sala y para su sorpresa le pareció que tenía los ojos húmedos. ¿Serían lágrimas? Sí, eran. Sintió que en ese momento la vida era injusta con él. Hasta ahora había sido muy satisfactorio ser adúltero, pero no soportaba ser cornudo.

Tiempo salvaje

Mi nombre es Eraclio Carballido y el de mi jefe Agustín Mojarro. Entré en la empresa Tiempo Salvaje a fines del 57 y allí desempeñé funciones de archivero, dactilógrafo y pelotudo. Sólo me pagaban por las dos primeras. Como dactilógrafo transcribía las cartas que me dictaba el jefe, y como archivero guardaba las respuestas, en orden alfabético femenino. El doctor Mojarro (se las daba de médico, aunque era veterinario, pero no ejercía, salvo cuando su perro *Bob* se resfriaba) era un mujeriego sólo postal. Nunca lo vi con amantes táctiles. Cuando sus misivas eran de un empalagoso romanticismo, las destinatarias lo tentaban con un número de teléfono, al que él nunca llamaba, pero cuando se volvía burdamente erótico, las damas le respondían con postales pornográficas.

Ante nosotros se presentaba como casado y la presunta mujer, Aurelia (a veces venía a buscarlo a la oficina), no estaba nada mal y era bastante más joven que él. Si Mojarro había salido o estaba en sesión de Directorio, yo la atendía con gusto e intercambiábamos sonrisas.

Cierto sábado en que ella lo esperaba, el doctor Mojarro me llamó para que le avisara que, por razones impostergables de trabajo, no podía bajar a verla, así que tomé la iniciativa y la invité a almorzar. La mirada se le iluminó y ella a su vez me informó que mis ojos se habían puesto brillantes. Un descuido lo tiene cualquiera.

Ya en el restaurante, mientras esperábamos la milanesa de rigor, noté con sorpresa que tomaba mi mano y la acariciaba. Yo fui más lejos y le acaricié la mejilla. Más tarde, cuando ya íbamos por el flan con dulce de leche, me animé a besarla y comprobé que su beso era sabroso y experimentado.

Luego, ya en mi cueva de soltero, nuestro primer cuerpo a cuerpo reclamó a gritos un futuro estable. Entre la primera y la segunda fusión me confesó que en realidad no estaba casada con Mojarro. Hacía dos años que vivían juntos pero ya estaba harta de su vulgaridad. Lo definió como un patán.

De pronto me miró a los ojos y dijo: «¿Ves? Con vos sí me casaría». En mi piel, que todavía olía a ella, estaban presentes el mañana y el pasado mañana, pero por las dudas sólo respondí con un silencio aquiescente.

La perspectiva no era mala. Ella tenía y tiene un buen pasar económico, y aunque juro, con las dos manos en el corazón, que ese elemento más bien terrestre no fue decisivo en mi vistobueno, también reconozco que no fue poca cosa.

Allí mismo redactamos las dos cartas que enviaríamos al mujeriego postal. La de ella decía: «Agustín: ya sabés que hace tiempo que no nos necesitamos. Ahora necesito no caer en el remoto riesgo de necesitarte. Así que chau».

La mía fue más concreta: «Jefe: aquí pongo en sus manos mi renuncia. En el quinto cajón del segundo armario podrá encontrar, ordenadamente guardadas, las copias al carbónico de sus cartas y las respuestas de las destinatarias. Ahora me voy con Aurelia, cuya actual y afortunada presencia en mi vida, también debo agradecerle».

Tiempo después supimos (la empresa Tiempo Salvaje siempre fue un supermercado del chisme) que cuando recibió aquellas cartas por correo urgente, Mojarro se fue a su casa más temprano que de costumbre, abrió su cofre fuerte doméstico, extrajo de allí el revólver que nunca había empuñado, llamó al perro *Bob*, que acudió presuroso moviendo la cola, y ahí nomás le encajó dos tiros en la pobre cabeza. «Lo que siempre te dije», fue el comentario de Aurelia, «es un patán».

Voz en cuello

1

Hola, oyentes. Les habla Leandro Estévez, de «Voz en Cuello», temprano, como siempre. A esta altura, sé que ustedes son pocos pero fieles. Sólo tenemos la palabra como hilo conductor, como punta y pauta del diálogo. No los veo, pero les pongo rostros, miradas, gestos. Por suerte, mi soledad inventa, es imaginativa. Si no los creara (yo, a ustedes), así sea premeditadamente, no podría exiliarme del silencio. Sepan que el ánimo no me alcanza para soportar el vacío. Menos aún para interpretarlo, para hablar a un agujero que es nadie. Ayer un oyente me preguntaba: ¿Por qué «Voz en Cuello»? Bueno, en primer término porque es una voz, alguien que dice, propone, asume, rebate. ¿En cuello? No tengo una explicación verosímil. El Diccionario de la Real Academia Española define: «A voz en cuello. En muy alta voz o gritando». A la vista está (o mejor, está al oído) que yo no les grito ni les hablo en voz alta. Pero me gusta creer que ésta no es una voz cualquiera, sino una voz en cuello. Es como si a mi voz le pusiera un apellido, o como si esta voz perteneciera a muchos, como si fuera, por así decirlo, una portavoz en cuello.

Yo creo que este programa, esta emisora, como tantos programas y emisoras, sirven, entre otras cosas, para enganchar soledades. El ama de casa en pleno desayuno; el camionero que va a inaugurar su carretera cotidiana; el ansioso que no logró zafarse del insomnio; la muchachita rumbo al trabajo pero que aún sigue pendiente de cierto cuerpo que le alegró la noche; el sereno que vigila la línea de sol que ya roza sus botas; el responsable del faro que cumplió en apagar su intermitente foco y se encamina hacia el sueño diurno; unos y otros, todos y todas, arriman su personal aislamiento a ese tipo que, desde su propia soledad, les habla y los convoca. Ése, o sea yo.

Como cualquier mortal, tengo un mundo; real o inventado, pero un mundo. Ahora bien, no es cosa de contarles mi vida. Cuando cuento mi vida, tengo que mirar atentamente los ojos del que escucha. Y en esta situación, eso es imposible. Me limito a imaginar ojos: verdes, celestes, negros, valientes, cobardes, indiferentes, inquisidores, todo un surtido. Pero cuando hablo a ojos presumiblemente verdes, sé que los celestes y los oscuros me miran desconfiados.

2

Buenos días. Parece que hoy nos conceden un poco más de espacio. ¿Tregua globalizada? Ya era hora. Recorro lentamente los diarios matutinos y las noticias no son tan nefastas como es habitual. Por ejemplo: en Kabul los cines reabren sus puertas. Hace veinticuatro horas que no hay ping pong de amenazas entre la India y Pakistán. Sharon y Arafat se limitan a contemplar en televisión sus odios respectivos. En España sólo tres maridos mataron a sus mujeres, aunque sólo uno de ellos agregó a la suegra por las dudas. En Buenos Aires hay quien propone un sistema especial de semáforos para evitar accidentes en los cruces de cacerolazos. Hace dos días que el presidente Bush no agrega más países a su nómina de futuros invadidos. No obstante, la naturaleza halla motivos para vengarse de algo, de alguien, y reparte terremotos, inundaciones, volcanes en erupción, torrentes desbordados. No sé si ustedes piensan como yo, pero este mundo que nos ha tocado es una lástima.

Dicen que fue un astrónomo de Cambridge, Stephen Hawking, el inventor de la insensata teoría del *big bang* (el «gran pum», según Octavio Paz), pero a mí es algo que siempre me provocó un explicable desconcierto junto a una inexplicable repugnancia. Eso de ser choznos de los choznos de los choznos de la nada no es por cierto vivificante ni confortador. Que esta plétora de continentes, océanos, cordilleras, millones de humanos en pigmentos varios, alimañas que van desde la cucaracha al elefante, signifique algo así como un piojo en la inmensidad del universo, hace que nuestras vidas se refugien en la brevedad de cada almita. Y es entonces cuando la asunción del dinero se vuelve ridícula, pese a que ese dinero sea después de todo indispensable para la conquista y el ejercicio del poder.

No es mi propósito, queridos oyentes, desanimar a nadie, pero conviene ser realistas, ser conscientes de nuestra verdadera dimensión, por insignificante que sea. De todos modos, cuando la muerte le llegue al poderoso empresario y al gobernante imperial y también al miserable dueño de su pobreza, las cenizas de uno no pesarán más ni menos que las del otro. En ese inapelable desenlace la despiadada pálida nos iguala a todos y las penúltimas huellas se confundirán con las últimas. Mirar al infinito es meterse en honduras. Medir un trozo de ese infinito con las vueltas del día, es admitir que el infinito es siempre incomparable. Hay pocas suertes capaces de salvarnos de ese y otros abismos, y una de esas suertes es el amor. El amor es el único poder capaz de competir con el abismo, de hacernos olvidar, aunque sea por una noche, del final obligatorio. Ni siquiera el recuerdo del repugnante *big bang* puede despegarnos del amor. Así que a amar, amigos míos. Sepan que es la única fórmula para reconciliarse con la noche.

3

Hola. Les habla, como siempre, Leandro Estévez. Pero hoy he decidido confesarles que no es mi nombre verdadero. Por eso puedo contarles algo que me sucedió ayer. Acudí a cumplir un trámite cualquiera en una oficina. No interesa si privada o estatal. Lo que importa es que entré en el ascensor, donde ya estaba una mujer, joven, linda, con ojos algo enigmáticos. Ambos dejamos el ascensor en el piso octavo. Yo debía buscar la puerta 817, pero cuando llegamos a la 809 ella extrajo una llave de su bolso y abrió la puerta. Sólo entonces se dignó mirarme. ¿Quiere pasar? Le dije que mi destino era la puerta 817. No se preocupe, dijo, imperturbable. La puerta 817 se mudó a la 809. Pase nomás. Entonces pasé. Era un ambiente no muy amplio, con casi un único mueble: una cama de dos plazas. Todo muy limpio, muy pulido. Ella abrió las sábanas y empezó a quitarse la ropa. Cuando quedó totalmente desnuda (verdaderamente, un cuerpo clase A), me preguntó si me iba a acostar así, con traje y corbata. Me sentí tan ridículo que no tuve más remedio que desnudarme, con lo cual me sentí más ridículo aún. La verdad es que mis esporádicas relaciones con mujeres, más o menos independientes, nunca habían seguido un proceso tan extraño. Pese a mi sorpresa, se las ingenió para despertar mis apetitos. No estuvo mal. Sólo una vez y casi en silencio. Después fui al baño por unos minutos y a la salida me esperaba con mi traje en una percha. Me vestí, me despidió con un beso algo reseco y descendí en el ascensor prostibulario. Ya no me acordé de la gestión que me había llevado al edificio de marras. Caminé unas cuadras y no sé por qué me tanteé el saco. Sólo entonces eché de menos la billetera, con diez mil pesos y dos tarjetas de crédito.

4

Buen día. No tanto, eh. Habrán observado que está lloviendo desconsoladamente. Bienvenida la lluvia. Siempre tuve la sensación de que un buen y nutrido aguacero me limpiaba la conciencia hasta en sus rincones más escabrosos, esos a los que nos cuesta llegar con meras reflexiones y autorreproches. Esta lluvia de hoy, sin ir más lejos, deja el aire casi transparente, como si viéramos la ciudad a través de un cristal que aún no se ha empañado. Pienso en lluvia, sin nostalgia del sol quemante. Siento en lluvia y dejo que resbale por mi rostro, como una refrescante catarata de lágrimas. Y cuando horas más tarde me enfrento al juicio neutro del espejo, todavía tengo un rostro de aguacero.

La lluvia que más empapó mi pasado, mi presente y mi futuro fue una que me alcanzó en un descampado de Tacuarembó. En cierto momento dejé de caminar porque era inútil. Ya no podía mojarme más. Sólo faltaba que apareciera Dios y con Sus manos todopoderosas me torciera como a un trapo de piso. Pero no apareció, seguramente porque le habrían llegado rumores de que hace tiempo soy ateo. Cuando después de varias horas de lluvia y camino llegué a un ranchito de morondanga, un paisano viejo, que al parecer era el propietario de aquella miseria, me dijo que no tenía con qué secarme un poco, pero que no importaba, que no había mucha diferencia entre morirse seco y morirse mojado. Y agregó, sin siquiera sonreír por compromiso: Trate de sobrevivir hasta que salga el sol. Y bueno, salió el sol. Pero yo estaba tan mojado que el sol no pudo secarme; más bien creo que fui yo quien mojó al pobre sol.

5

Hace algunos días que este Leandro Estévez no conversa con ustedes. ¿Me echaron de menos? Sé que varios oyentes llamaron a la radio preguntando a qué se debía mi ausencia: si estaba enfermo, si me habían echado, si estaba de viaje. No era nada importante. Simplemente una afección a la garganta que se tradujo en una ronquera insoportable, no sólo para mí sino sobre todo para los demás. Todavía me queda un poco, como habrán observado. Les confieso que yo también los extrañé. A veces, a medianoche, intentaba hablar sin voz, a puro pensamiento, pero no es lo mismo: era como predicar en el desierto. Para peor de males, el silencio se incorporaba a mi insomnio, que es como un sueño pero sin sueño. La noche se llenaba de sonidos, de ruidos, pero eran ajenos, no me aludían. En cambio ahora, cuando le hablo al micrófono acogedor, sé que del otro lado están todos ustedes, escuchándome y generando respuestas, que si bien no me llegan, me consta que existen. Las palabras, las mías y las ajenas, flotan en el aire, quizá se cruzan o simplemente se encuentran o desencuentran. Lo cierto es que las unas no saben de las otras.

Cuando desgrano las palabras en el insomnio, no me siento responsable, soy un lenguaraz clandestino, pero cuando las pronuncio para ustedes, cuando les doy voz y sonido, entonces sí soy consciente, a tal punto que en ocasiones me siento miserable por alguna barbaridad o estupidez que les dije, o por algo que sobrevivió en las entrelíneas y ustedes las captaron con sus antenas siempre alertas. Hoy no les voy a contar nada. Simplemente quería comunicarles mi regreso a la «Voz en Cuello». Ojalá me mejore pronto de esta jodida ronquera. Chau.

6

Hola. Ya ando mejor de la ronquera, así que estoy en condiciones de contarles un episodio más o menos extraño. Sucedió ayer. Es curioso comprobar cómo a veces entran en polémica los hechos y la censura. La última novela de Baltasar Méndez, *Al fin y al cabo*, escaló rápidamente posiciones en la tabla de best-sellers. La crítica periodística, en cambio, la castigó con diversos juicios negativos: inverosímil, caprichosa, falsamente utópica, etcétera. Y todo eso, ¿por qué? Porque el protagonista, después de romper con dos amores (no coincidentes, sino sucesivos), decide eliminarse arrojándose del decimocuarto piso del palacio Ciudadela. El principal editorialista de un matutino llegó a afirmar que en este bendito país la gente no se suicida, y que por eso esas noticias no salen en la prensa; sencillamente, porque no existen. Según otro crítico opinante, el suicidio es una institución europea, tal vez norteamericana, y afecta no sólo a los infieles, cornudos y estafados, sino también a los políticos que descienden en las encuestas y a los empresarios corruptores y/o corruptos. Y que en todo caso, si un ciudadano local decidiera eliminarse, jamás se arrojaría desde las alturas de un rascacielos.

Alguien recordó que hace unos quince años apareció un cadáver, en ropas menores, junto a la mole del palacio Salvo y el primer diagnóstico fue (aunque ignorado por la prensa) que se trataba de un suicidio. Después se supo que no era tal. Resulta que un señor, casado él y con tres hijos, mantenía una relación amorosa con una habitante del séptimo piso, pero ese día, en plena y sagrada cópula, sufrió un infarto y allí nomás crepó. La pobre mujer, consternada y fuera de sí, no encontró mejor solución que arrojar el cadáver infiel por la ventana.

Bien, a lo que quería llevarles es que ayer la estricta e inefable censura sufrió un duro revés. Cuando varios periodistas acudían a sus horarios matinales, al llegar a la plaza Independencia vieron un montón de gente, al costado del Ciudadela, alrededor de algo. El algo, o mejor dicho el alguien, era el cuerpo de un desgraciado, que al parecer se había arrojado desde el piso decimoquinto, sólo uno más arriba del citado en la novela de Baltasar Méndez. Ya no fue posible esconder una realidad tan pública, y hoy, como ya habrán visto, un matutino tituló en primera: «Trágico fin de una historia de amor», y otro más: «Espectacular suicidio en la plaza». Y un tercero: «La novela de Baltasar Méndez convertida en realidad». O sea que al fin mi amigo Tomás Vélez podrá pasar en limpio la obra en la que viene trabajando desde hace dos años: *Historia de cien suicidios en el Uruguay del siglo XX.*

7

Salud, amigos. Hagamos de cuenta que hoy es mi cumpleaños. Ya que me presento ante ustedes con un nombre falso, también mi cumpleaños será apócrifo. De todos modos, mis cumpleaños legítimos son tantos que podrían ceder rasgos y anécdotas a los de imitación. Por ejemplo, cuando cumplí once años, mi abuela paterna, que era católica de armas tomar, me impulsó a recibir la primera comunión. Me había advertido que cuando el cura me suministrara la hostia, yo no debía masticarla sino dejar que se disolviera en la boca, pero en ese espacio yo podía formular dos deseos. Lo pensé con toda profundidad y cuando sentí la hostia contra el paladar, formulé mis dos deseos: 1) salud para mis padres y 2) una pelota de fútbol número cinco. Con la referencia a mis padres cumplía por supuesto una obligación moral, pero con la aspiración a una número cinco apuntaba a mi nirvana deportivo.

Veinte años más tarde mi onomástico me encontró en la cama: fiebre alta, lumbago, dolor de cabeza, amagos de disnea. Como si en vez de cumplir treinta y un años estuviera regodeándome en los cincuenta. Mi novia (o más bien, mi compañera) me contemplaba como a un pobre diablo, como a un desperdicio de la humanidad, y yo leía en sus ojos inquisidores unas ganas tremendas de abandonarme a la buena de Dios y de la gripe. Y bien, al final mis presentimientos se cumplieron y me abandonó. De inmediato me bajó la fiebre, se me calmaron el lumbago y la disnea. Pero como ella ni siquiera telefoneó para interesarse por mis males, y menos aún para decirme que los cumpliera muy felices, eso quedó así: yo convaleciente y ella lejana y enemiga.

Otros cumpleaños fueron normales, con besos, abrazos, regalitos, champán hasta la medianoche. Bueno, todos menos uno. Cuando cumplí cincuenta y tres, un primo que sólo me llevaba un año apareció en mi casa con dos botellas de whisky y una sola, sublime borrachera. En menos de media hora, me rompió dos lámparas italianas que yo amaba y también una computadora portátil, y hubo que arrastrarlo entre cuatro parientes hasta meterlo en un taxi mientras él gritaba con voz de hincha de la Amsterdam: felicidades, felicidades, felicidades. Y yo me quedé en el living con las felicidades y las lámparas rotas.

8

Mis amigos de siempre. Hoy no es para mí un día de fiesta. Ya tenía una tarjeta amarilla, pero hoy me pusieron la roja. A partir de mañana me quedaré sin ustedes, y, lo que es tal vez menos grave, se quedarán ustedes sin mí. Hoy clausuro este programa como quien cierra una maleta. Y sin gritar a voz en cuello. La verdad es que me sentía bastante a gusto machacando diariamente el micrófono con anécdotas reales o inventadas, descripciones imposiblemente objetivas sobre los tumbos y las sorpresas de la jornada, agravios que pasan como buitres y añoranzas que me rodean como palomas. Fue anoche que me avisaron que debo dejar mi espacio. Soy demasiado orgulloso como para averiguar «la razón del cese», de modo que preferí aceptar la noticia en magnánimo silencio, así les dejo a Ellos la culpa bien limpita para que la guarden en el baúl de la conciencia. Desde ahora, pues, mis monólogos serán sin micrófono, sin oyentes y sin censura. Podré pronunciar mierdas y carajos sin que nadie me sancione ni perdone. O quizá me dedique a escribir. ¿Por qué no? Ya lo dijo Jules Renard: «Escribir es una forma de hablar sin ser interrumpido». Ustedes, ¿me echarán de menos? Ojalá que sí. Por fortuna, no conocen mi nombre verdadero. O sea que en el mejor de los casos sólo tendrán nostalgia de mi voz y de mi seudónimo. Así que *aufwiedersehen*, *au revoir*, *arrivederci*, *good bye*, y resumiendo: amén.

En familia

Asdrúbal nunca tuvo novia ni esposa ni compañera estable. No las tuvo porque en su corazón no cabían dos imágenes de mujer. Y él, desde la adolescencia, había estado enamorado de Inés. El problema consistía en que Inés era la mujer de Eduardo Sienra, su amigo del alma. Asdrúbal jamás le había dado a Inés el menor indicio de sus sentimientos. Simplemente se había integrado al clan de los Sienra (en el que también figuraba Andrés, hermano menor de Eduardo).

Una vez por semana, por lo general los sábados, se reunían para almorzar en un casi silvestre restaurante de la costa. Allí imperaba el buen humor, la puesta al día de los chismes políticos de la semana, el recuento de lo que cada uno estaba haciendo: Eduardo era abogado; Andrés, editor; Inés, acuarelista; Asdrúbal, profesor universitario. De los cuatro, Andrés era el único que no siempre concurría. Los compromisos editoriales, los congresos internacionales, lo llevaban a menudo al exterior.

Mientras tanto, Asdrúbal sufría. Inés estaba cada vez más apetecible, más cándida, más seductora. Las abiertas sonrisas que solía dedicar a Asdrúbal, éste las iba archivando en el cofre de su memoria, pero a él no se le escapaba que, con sonrisa o sin ella, quien noche a noche la tenía en su cama era Eduardo el afortunado.

Pero además, Asdrúbal soñaba pormenorizadamente con Inés. Ella era la dueña de sus insomnios y sus duermevelas. «No puedo seguir así, lamiendo un imposible.» Y ahí fue cuando sonó el teléfono. De inmediato reconoció la voz temblorosa de la secretaria de Eduardo: «Malas noticias, don Asdrúbal. El doctor Eduardo falleció esta mañana de un paro cardíaco».

La conmoción fue tremenda. Eduardo sólo tenía cuarenta y dos años. Asdrúbal salió poco menos que corriendo hacia el piso de los Sienra. Inés estuvo llorando, larga y conmovedoramente, abrazada a Asdrúbal. Ni siquiera estaba Andrés, que asistía a la Feria de Frankfurt.

—Éramos felices —balbuceó Inés, con un tono de diagnóstico forzoso, inapelable.

Tras el velatorio y el sepelio, Asdrúbal volvió a su casa, todavía acongojado. Sin embargo, cuando se sirvió un whisky y se acomodó en la mecedora que era como su hogar, en el largo vaso de Bohemia surgió un extraño reflejo, y él lo interpretó como una señal, como un anuncio. Y ya que estaba solo, lo transformó en palabras.

—Ahora Inés está libre.

El pecho se le llenó de un júbilo y una ternura egoístas.

Dejó pasar unos días antes de llamar nuevamente a Inés, pero cuando por fin se decidió, ella se había ido a Salto, donde vivía su madre.

Pasaron seis meses antes de que la viuda regresara. Fue entonces que Asdrúbal se hizo de coraje y resolvió tender su red de seducción.

Inés lo recibió con los brazos abiertos, cariñosa como de costumbre. Dijo que se había quedado más tiempo en Salto para acompañar a su madre, para quien la muerte de Eduardo también había representado un rudo golpe. Habló largamente del sosiego del paisaje salteño, de los atardeceres junto al río, del talante tranquilo y afectuoso de la gente pueblerina.

Se produjo un silencio más o menos estéril, y precisamente cuando Asdrúbal iba a empezar a hablar de un futuro compartido, ella esbozó su sonrisa de siempre antes de decir:

—¡Qué suerte que viniste! Justamente hoy te iba a mandar la invitación. No sé si sabés que el mes que viene me caso con Andrés, mi cuñado. Una suerte de continuidad familiar, ¿no te parece? Además, Andrés y yo estuvimos de acuerdo en pedirte que seas el padrino de boda.

Desde entonces compartimos la misma celda. Roberto [illegible] llegado [illegible] de último [illegible] a temprana [illegible] [illegible] pasado [illegible] una [illegible] [illegible]

A los [illegible] de [illegible] llegó y [illegible] de [illegible] que lo nada [illegible] que [illegible] se [illegible] en su [illegible] [illegible].

Roberto era un preso político. [illegible] como delincuente común. Roberto no había [illegible] aunque en verdad no le hubiera faltado ganas, pe-[illegible] había [illegible] en [illegible] periódicos [illegible] más le [illegible] los [illegible] cuando [illegible] las [illegible] del [illegible] Todo le servía. [illegible] un [illegible] de [illegible] de [illegible] siempre. Hallaba [illegible] tra [illegible] de arriba. Durante un largo [illegible] solo [illegible]

Cuatro en una celda

Durante tres años compartieron la misma celda. Roberto había llegado a sentir por Matías un tímido afecto. Otras veces lo miraba con un poco de rabia, como si en aquel otro se viera a sí mismo y ese espejo empañado le transmitiera una tristeza empecinada, sin consuelo.

A los dos meses de compartir castigo, ya se habían contado y recontado sus historias, y cuando ya no les quedó nada que repasar, cada uno se recluyó en su silencio y el diálogo se redujo a monosílabos.

Roberto era un preso político; Matías estaba fichado como delincuente común. Roberto no había matado a nadie, aunque en verdad no le habían faltado ganas, pero durante toda una temporada había ejercido un agresivo periodismo contra el poder. A la dictadura lo que más le molestaba no eran sus argumentos sino el tono de burla con que los matizaba. Más de un dardo de sus artículos aparecía luego pintado en los muros y normalmente las fuerzas del orden demoraban semanas en borrarlo. Todo le servía. Podía comentar un partido de fútbol o un festival de tango; su burla siempre hallaba un atajo contra los de arriba. Durante un largo lapso lo toleraron, tal vez porque el gobierno, por autoritario que fuese y se lo creyese, era consciente de que arremeter contra aquel ácido y certero humor era arremeter contra sí mismo. Pero en una ocasión la burla alcanzó a un gobernante extranjero en visita oficial y eso ya resultó imperdonable. Hacía tiempo que Roberto imaginaba un futuro bajo candado. Sabía que el humor y el sarcasmo sirven de escudo hasta por ahí nomás, de modo que se resignó a una temporada de encierro, aunque no imaginó que durara más de algunas semanas. El problema era que, aunque voz de oposición, no estaba afiliado a ningún partido, quizá por eso no hubo campaña en su defensa ni reclamos por su libertad. Al cabo de tres años tenía la impresión de que ya nadie se acordaba de él y ese olvido era también una condena.

Matías estaba preso por otras razones. Tenía un modesto negocio, donde compraba y vendía ropa de segunda mano. Una noche en que se había quedado para poner al día su sencilla contabilidad, dos tipos encapuchados, creyendo que el local estaba vacío, entraron a robarle. Cuando lo vieron y se le fueron encima empuñando bates de baseball, Matías no vaciló, extrajo el revólver (¿quién no guarda un arma en estos tiempos?) de un cajoncito reservado y les disparó. Su propósito era intimidarlos. Uno de los asaltantes huyó despavorido, pero el otro cayó, al parecer herido en un hombro, y allí quedó tendido. Matías telefoneó a la policía, que acudió en pocos minutos. Dejaron al herido en el hospital y retuvieron a Matías en la comisaría. Acusado de intento de homicidio y defendido por un abogado más bien estúpido, ya llevaba tres años de encierro, en tanto que el herido había sido dado de alta a los dos días y puesto en libertad (alegó que había asaltado por hambre) y por las dudas se había trasladado con su compinche al otro lado de la frontera.

Ni Roberto ni Matías estaban solos en sus soledades. Roberto tenía como compañera insustituible a una araña de patas peludas que meditaba en su red y desde allí lo saludaba por lo menos dos veces al día: de mañana temprano, cuando un afilado rayito de sol se instalaba por una media hora a veinte centímetros de su inefable alojamiento, y también en el arranque de la noche, cuando el breve caparazón de la araña se convertía en un brillo que dividía la oscuridad en dos regiones. El saludo de la araña consistía en mover dos veces su pata más peluda. Roberto le respondía con el signo de la victoria. Luego uno y otra se introducían en sus noches respectivas, durante las cuales él solía soñar con la araña y ésta probablemente con aquel preso taciturno y amable.

La compañía de Matías era en cambio un ratón diminuto, casi enano. El preso había comprado su lealtad gracias a los trocitos de comida que diariamente le reservaba de su miserable ración carcelaria. Pero ese miligramo que para Matías era un ejercicio de asco, para el ratón significaba un bocadillo exquisito. El preso había llegado a imaginar que cuando el ratón movía alegremente sus bigotes, ello significaba una señal de agradecimiento.

El ratón de Matías y la araña de Roberto se ignoraban olímpicamente. Desde la red bajaba una sombra de desprecio y desde la cavernita habitacional del ratón subía, cuando éste se asomaba, una ráfaga de odio.

Un día la dictadura se acabó; sin mayor escándalo, pero se acabó, y el flamante gobierno democrático decretó la esperada amnistía. Al enterarse, Roberto y Matías lanzaron tímidos hurras. Antes de que se abriera la puerta de la celda, Roberto le dedicó a su amiga una mirada de reconocimiento y le pareció que la araña se encogía de tristeza. Por su parte, el ratón miró a Matías con sus bigotes alicaídos. Pero ninguno de los dos amnistiados tuvo el coraje de llevarse consigo a sus colegas.

Una vez en libertad y tras intercambiar sus señas y prometerse una cena de celebración, con champán y todo, Roberto se metió en un bar y allí mismo empezó a escribir su crónica «Tres años en gayola». Matías, por su parte, se fue caminando lentamente en búsqueda de su antigua tienda. Si estaba cerrada, la dejaría así; si estaba abierta, la cerraría. No quería más asaltos ni disparos en defensa propia.

Eso ocurría afuera. Dentro de la celda, todo era distinto. No bien los guardias cerraron la puerta y pasaron candado, la araña se descolgó lentamente de su tela y el ratón se animó a salir de su agujero. Por primera vez se miraron sin odio, conscientes de su nueva y dramática situación. Avanzaron sin apuro y se encontraron a medio camino. Aparte de ellos dos, sólo quedaba el rayito de sol de las mañanas.

De pronto les sobrevino a ambos el mismo impulso y terminaron abrazados, sabedores de que les esperaba un fin de abandono y nostalgia.

Ella tan sola

Hace mucho que vivo. O tal vez hace poco. El tiempo corre como una liebre loca. Mi infancia constaba en un pizarrón y yo la borro. Es decir, mi infancia física, concreta, remediable. La otra, la verdadera, se me instala en el alma y desde allí me instruye.

Tuve la suerte de tener amigas. Nos contábamos los trocitos de vida, adornándolos, reduciéndolos, mejorándolos, pero sobre todo nos contábamos los sueños, que eran todos distintos, nunca se repetían. Así y todo, ésa fue la época de mi primera soledad. Aun cuando nos reuníamos (éramos cinco) en la vereda, en el parque, en el patio de recreo, en alguna de las casas, aun rodeada por rostros queridos y brazos y manos tan afines, aun así me sentía sola. Por supuesto, lo disimulaba, y las otras cuatro se sentían acompañadas.

Años después, cuando entré titubeante en la juventud, lo mejor de mi segunda soledad era que la llenaba de libros. Los personajes de novelas se dirigían a mí, me narraban sus cuitas, sus delirios, sus gozos. Yo los acercaba a mi cuello, a mi garganta, y los oía palpitar, les daba consejos que ellos desperdiciaban dos páginas después. Personajes por cierto bien ingratos. Me dejaban con mis lágrimas en la almohada. En novela, prefería las historias trágicas, conmovedoras.

Pero en esos años tímidos, tumultuosos, yo era sobre todo lectora de poesía. Pero no de poemas juveniles, que me aburrían soberanamente. Tampoco me atraían demasiado los poemas de amor, que sólo seducen cuando una es tentada por el amor táctil, rozable, carnal. Y todavía no era el caso. La poesía que me cautivaba era la de entrelíneas filosóficas, existenciales, que se alzaba desde el papel con preguntas inquietantes, enigmáticas, para las que yo no tenía respuestas ni alternativas.

Así hasta que por fin me aludió el amor, que por cierto me tomó totalmente de sorpresa. Bailando, no faltaba más. No con el rock, que establece una distancia insoslayable entre ser aquí y ser allá, y donde cada cuerpo es un fanático de sí mismo, formalmente dispuesto a abrazarse, no con una pareja sino con el ritmo que golpea y se descarga en contorsiones que exigen unanimidad.

No con el rock, sí con el tango. Alguna vez leí que el abrazo del tango es sobre todo comunicación erótica, prólogo del cuerpo-a-cuerpo que luego vendrá o no, pero que en ese tramo figura como proyecto verosímil. Cuanto mejor se amolde un cuerpo al otro, cuanto mejor se amolde el hueso de uno con la tierna carne de la otra, más patente se hará la condición erótica de una danza, que empezó bailada por rameras y *cafishos* del 900 y que sigue siendo bailada por el *cafisho* y la ramera que llevamos dormidos en algún rincón de las respectivas almitas.

Tengo la impresión de que la cita no es textual, pero cuando la leí, varios años después de aquel ensamble fortuito, pensé que podría haberla firmado casi como una confesión autobiográfica.

Lo penoso es que la vida sigue después del tango, y esa misma hechura, esa misma presencia entrañable que me había descubierto el amor, un día se convirtió en ausencia extrañable y mi pobre cuerpo quedó partido en dos: una mitad de amor perdido y otra de rencor encontrado.

Crudamente triste, casi desahuciada, volví a instalarme con mis padres y allí sobrevino una terrible desgracia que poco después se transformó en milagro. Mi hermana soltera estaba embarazada y por fin nació un niño. Pero el infortunio ya la había elegido y una tarde brumosa de sábado, cuando, como todos los días, volvía a casa en su bicicleta, fue atropellada por un camión gigantesco y murió en el acto.

El niño huérfano tenía entonces sólo dos años y no fue totalmente consciente de esa pérdida. Lloró dos mañanas y dos tardes, pero luego recuperó paulatinamente su sonrisa y su mirada de ángel.

Una noche, mi madre me hizo la pregunta tremenda, decisiva: «¿No lo querés para vos?». Aquello no era un mueble, un juguete, una fuente. Era simplemente una vida. Rompí a llorar, no sé bien por qué. Ignoraba que disponía de tantas lágrimas. Al final de ese diluvio personal, dije: «Sí».

Ahora estoy, con Luisito en brazos, frente al espejo gigante que nos dejó el abuelo. Todavía tengo miedo de sentirme feliz, pero el niño reflejado me mira con una audacia que lo hace mío. Y tengo la impresión de que, una vez para siempre, no estoy sola.

[illegible]

Aun le dicen [illegible] actualmente [illegible] que [illegible] [illegible] [illegible]

[illegible] [illegible]

[illegible] Recuerdan que [illegible] [illegible]

Túnel en duermevela

Aquel túnel que había sido del ferrocarril y que llevaba ya varios años de clausura, siempre había tenido para los niños (y no tan niños) de San Jorge un aura de misterio, alucinación y embrujo, que ninguna explicación de los mayores era capaz de convertir en realidad monda y lironda. Siempre aparecía alguno que había visto salir del túnel un caballo blanco y sin jinete, o, en algún empujón de viento, una sábana pálida y sin arrugas que planeaba un rato como un techo móvil y se desmoronaba luego sobre los pastizales.

En ambas bocas de la tenebrosa galería, unos sólidos cercos de hierros y maderas casi podridas impedían el acceso de curiosos y hasta de eventuales fantasmas.

Pasó el tiempo y aquellos niños fantasiosos se fueron convirtiendo en padres razonables que a su vez engendraron hijos fantasiosos. Un día llegó el rumor de que las líneas del ferrocarril serían restauradas y la gente empezó a mirar al túnel como a un familiar recuperable. Seis meses después del primer rumor fueron retirados los cercos de hierro y madera, pero todavía nadie apareció para revisar los rieles y ponerlos a punto.

¿Recuerdan ustedes a Marquitos, el hijo de don Marcos, y a Lucas Junior, el hijo de don Lucas? El túnel había sido para ambos un trajinado tema de conversación y especulaciones, y aunque ahora ya habían pasado la veintena, continuaban (medio en serio, medio en broma) enganchados a la mística del túnel.

—¿Viste que aun ahora, que está abierto, *nadie se ha atrevido* a meterse en ese gran hueco?

—Yo voy a atreverme —anunció Marquitos, con un gesto más heroico del que había proyectado. A partir de ese momento, se sintió esclavo de su propio anuncio.

Menos intrépido, Lucas Junior lo acompañó hasta el comienzo (o el final, vaya uno a saber cuál era la correcta viceversa) del insinuante boquete. Marquitos se despidió con una sonrisa preocupada.

A los quince o veinte metros de haber iniciado su marcha se vio obligado a encender su potente linterna. Entre los rieles y la maleza invasora se deslizaban las ratas, algunas de las cuales se detenían un instante a examinarlo y luego seguían su ruta.

Por fin apareció una figura humana, que parecía venir a su encuentro con un farol a querosén.

—Hola —dijo Marquitos.

—Mi nombre es Servando —dijo el del farol—. Dicen que soy un delincuente y por eso escapo. Me acusan de haber castigado a una anciana cuando en realidad fue la vieja la que me pegó. Y con un palo. Mirá cómo me dejó este brazo.

El tipo no esperó ni reclamó respuesta y siguió caminando. Dentro de un rato, pensó Marquitos, le dará la sorpresa a Lucas Junior.

El siguiente encuentro fue con una mujer, abrigada con un poncho marrón.

—Soy Marisa. Mucho gusto. Mi marido, o mejor dicho mi macho, se fue con una amante y mis dos hijos. Sé que lo hizo para que yo me suicide. Pero está muy equivocado. Yo seguiré hasta el final. ¿Usted querría suicidarse? ¿O no?

—No, señora. Yo también soy de los que sigo.

Ella lo saludó con un ¡hurra! un poco artificial y se alejó cantando.

Durante un largo trayecto, como no aparecía nadie, Marquitos se limitó a seguir la línea de los rieles. Luego llegó el perro, con ojos fulgurantes, que más bien parecían de gato. Pasó a su lado, muerto de miedo, sin ladrar ni mover la cola. El amo era sin duda el personaje que lo seguía, a unos veinte metros.

—No tenga miedo del perro. Esta compacta oscuridad lo acobarda. A la luz del día sí es temible. Su nómina de mordidos llega a quince, entre ellos un niño de tres años.

—¿Y por qué no lo pone a buen seguro?

—Lo preciso como defensa. En dos ocasiones me salvó la vida.

El recién llegado miró detenidamente a Marquitos y luego se atrevió a preguntar:

—Usted, ¿vive en el túnel?

—No. Por ahora, no.

—A usted que anda sin perro, muy campante, sólo le digo: tenga cuidado.

—¿Ladrones?

—También ladrones.

—¿Ratas?

—También ratas.

No dijo nada más, y sin siquiera despedirse, se alejó. El perro había retrocedido como para rescatarlo. Y lo rescató.

Marquitos permaneció un buen rato, quieto y silencioso. La muchacha casi tropezó con él. Su gritito acabó en suspiro.

—¿Qué hace aquí? —preguntó ella, no bien salida del primer asombro.

—Estoy nomás. ¿Y usted?

—Me metí aquí para pensar, pero no puedo. Las goteras y las ratas me distraen. Tengo miedo de quedarme dormida. Prefiero esta duermevela.

—¿Y por qué no retrocede?

—Sería darme por vencida.

—¿Quiere que la acompañe?

—No.

—¿Necesita algo?

—Nada.

—Me sentiré culpable si la dejo aquí, sola, y sigo caminando.

—No se preocupe. A los solos vocacionales, como usted y yo, nunca nos pasa nada.

—¿Puedo darle un beso de adiós?

—No, no puede.

Caminó casi una hora más sin encontrar a nadie. Se sentía agotado. Le dolían todas las bisagras y el pescuezo. También las articulaciones, como si fuera artrítico.

Cuando llegó al final, había empezado a lloviznar. Se refugió bajo un cobertizo medio destartalado.

De pronto una moto se detuvo allí y cierto conocido rostro veterano asomó por debajo de un impermeable.

Era Fernández, claro, viejo amigo de su padre. El de la moto le hizo una seña con el brazo y le gritó:

—¡Don Marcos! ¿Qué hacés ahí, tan solitario?

—Eh, Fernández. No confunda. No soy don Marcos, soy Marquitos.

—No te hagas el infante, che. Nunca vi un Marquitos con tantas canas. ¿O te olvidaste que fuimos compañeros de aula y de parranda?

—No soy don Marcos. Soy Marquitos.

—En todo caso, Marquitos con Alzheimer.

—Por favor, Fernández, no se burle. Acabo de salir del túnel. Lo recorrí de cabo a rabo.

—Ese túnel vuelve locos a todos. Deberían clausurarlo para siempre.

—No soy don Marcos. Soy Marquitos. Justamente voy ahora en busca de mi viejo.

—Sos incorregible. Desde chico fuiste un payaso. Tomá, te dejo mi paraguas.

La moto arrancó y pronto se perdió tras la loma. Mientras tanto, en el cobertizo, sólo se oía una voz repetida, cada vez más cavernosa:

—¡Soy Marquitos! ¡Soy Marquitos!

Por fin, cuando emergió del túnel un caballo blanco, sin jinete, y se paró de manos frente al cobertizo, Marquitos se llamó a silencio y no tuvo más remedio que mirarse las manos. A esa altura, le fue imposible negarlo: eran manos de viejo.

Índice

Nota previa 11

El porvenir de mi pasado 13

EL GRAN QUIZÁS

Viudeces 17
Mellizos 21
¿Quién mató a la viuda? 25
Cinco sueños 29
Conclusiones 31
Datos sobre Braulio 33
El hallazgo 35
Reencuentro 37
La señorita Rodríguez 41
No 47
Témpano 49
Alguien 53

UTOPÍA

Utopía 59
Poste restante 61
Suicidio más / suicidio menos 65
Cuarteto 69
Desde Ginebra 73
Pretérito imperfecto 77
Viceversa 81
Pasos del hombre 85
Soñar en voz alta 87
Tango 91
Ombligos 95
Ah, los hijos 99
Taquígrafo Martí 103

BRINDIS

Brindis 109
Amores de anteayer 111
De jerez a jerez 115
Echar las cartas 121
El tiempo pasa 129
Amor en vilo 133
Niñoquepiensa 137
Otras alegrías 141
Vislumbres 145
Dialéctica de mocosos 149
El idilio del odio 153
Casa vacía 157

Aniversario 161
Viejo huérfano 165

LA TRISTEZA

La tristeza 169
La tristeza 171
Huellas 175
Realidades que se acaban 177
Sobre pecados 181
Tiempo salvaje 185
Voz en cuello 189
En familia 201
Cuatro en una celda 205
Ella tan sola 209
Túnel en duermevela 213